KB057974

사슴벌레 소년의 사랑

사슴벌레 소년의 사랑

이재민 지음

 사□□계절

나는 어린 시절을 경기도 양평에서 보냈습니다. 그곳 깊은 산 속에 약수터가 있지요. 요즘으로 치면 휴양지 같은 곳입니다. 중학교 일학년 여름 방학 때 그곳에 가서 재미있게 놀았는데, 그 이후로는 다시 찾지 못했습니다. 성장해 감에 따라 모든 것이 희미해져 갔지요. 처음 몇 년 간은 그곳에 가고 싶었습니다. 약수터 어귀 통나무 의자에 누군가 앉아 있다가 내가 비탈길을 올라가면 반가이 맞아 줄 것 같았거든요.

어느덧 나는 사십대가 되었습니다. 그 동안 약수터에 대해서 들은 것은, 내가 고등학교 다닐 때 자연보호라는 이름 아래 철거된 채 방치되었다가 최근에야 누군가가 산다는 내용이었습니다.

그 이후로 나는 종종 꿈 속에서 내 아들과 약수터로 가곤 합니다. 꿈 속의 아이는 언제나 중학교 일학년이고요. 우리는 여름 방학을 맞아 높은 산을 넘어 약수터로 갑니다. 냄비며 이불 등속을 등에 지고 타박타박 걸어서 갑니다. 하지만 걸어가도 걸어가도 약수터는 나타나지 않아요. 그러다가 깨는 거지요.

이 소설은 내 꿈의 연장입니다. 어쩌면 내 아들의 꿈일지도 모르겠습니다.

약수터로 여러분을 초대합니다. 얼굴을 몰라도 상관 없습니다. 약수터에 오면 모두가 한 가족이니까요. 산비둘기 울음소리 들으며 나무하기, 마당 화덕에서 밥하기, 목욕터에서 목욕하기, 멍석에서 별바라기하며 잠자기 등을 가르쳐 드리겠습니다. 물론 달콤한 달맞이꽃 향기를 맡으며 잠드는 거지요. 참, 매미 울음소리로 만들어진 소나기를 맞으며 약수터 어귀 노송 아래 통나무 의자에 나란히 앉아서 새로 오는 친구들을 기다리며 순희 누나 이야기도 해야겠지요. 비밀 장소인 나무터 바위 밑 굴도 소개할게요.

2003년 여름에

이재민

1

나무를 하러 나섰다. 엄마한테 큰소리는 쳤지만 마당을 벗어나 어둑한 잣나무 숲으로 들어서자 덜컥 겁이 났다. 산 위쪽에서 들려오는 산비둘기의 꾸구꾸꾸 꾸구꾸꾸 하는 소리가, 너오면 잡아먹지, 너 오면 잡아먹지, 하는 것처럼 들려서 등골이 오싹했다.

걸음을 멈추고 돌아섰다. 잣나무들 사이로 칠월의 햇살이 직각으로 비추고 있는 마당이 내려다보였다. 엄마는 마당가 커다란 벚나무 아래 놓인 멍석 위에 앉아 있었는데, 근심이라고는 눈곱만큼도 없는 평화스러운 모습이었다.

하긴, 큰소리친 것이 잘못이었다. 원주에서 온 형과 같이 다닐 때는 조금도 무섭지 않았는데 오늘 아침에 그 형이 떠나고 나서 혼자 나무하러 가려고 하자 갑자기 무서워졌다.

한참을 그렇게 있다가 자포자기 심정으로 뒤돌아섰다. 지금 내려가서 무서우니까 못 가겠다고 하면 엄마는 틀림없이 그것

봐라 할 것 같았다.

"나무도 하나 못 해 오는 놈이 불알은 뭐 하러 달구 다녀. 인내, 옆집 기숙이 주게."

나는 죽으면 죽었지 불알을 떼이고 싶지는 않다. 아무에게도 말은 안 했지만 딱 10년 뒤에는 기숙이와 결혼하기로 마음먹었던 것이다.

"좋아."

마음을 다잡아먹고 다시 잣나무 숲길을 올랐다. 노란색 텐트 옆에서 얼굴이 익은 형들이 기타를 치고 있었다. 잣나무 숲을 벗어나 2분쯤 걸어 올라가자 산등성이가 나왔다. 이제는 무섭지 않았다. 조금 더 올라가다가 펑퍼짐한 바위에 걸터앉았다.

멀리 산 아래 마을이 내려다보였다. 햇볕은 산비탈과 초가지붕 위에 마구 쏟아지고 있었다. 내 머리 위도 마찬가지였지만 바람이 불어 와서 시원했다. 마을 너머 서쪽으로 뿌연 안개 속에 높은 산줄기가 보였다. 마치 병풍처럼 이 산골 마을을 둘러싸고 있는데, 나는 엄마와 함께 그 산을 넘어왔다.

바위에서 일어나 다시 위로 올라갔다. 나무터는 조금 더 가다가 오른쪽 숲길로 들어가야 한다. 곧장 올라가면 숯가마가 있을 것이다. 두 주먹을 꼭 쥐고 숲길로 들어섰다. 드디어 잔솔이 우거져 있는 나무터에 도착했다. 산비둘기 소리가 가까이에서 들렸다.

서둘러 나무를 하기 시작했다. 어른 다리통만 한 소나무들이

빼곡하게 자라고 있었는데, 통풍이 안 되어서 꼭대기 부분만 살고 곁가지들은 모두 말라 죽어 버렸다. 그것을 꺾어 모으면 되었다. 연기도 많이 안 나고 불땀도 셌다. 너나없이 나무를 때서 밥을 해 먹는 바람에 약수터 골짜기에는 땔감이 몹시 귀했다.

산비둘기 우는 소리가 뚝 그쳤다. 나는 삭정이를 꺾다 말고 숨을 죽인 채 가만히 있었다. 곧 앞쪽에서 호랑이나 여우, 입에서 피를 흘리는 귀신이 나올 것 같았다.

손놀림을 멈추고 속으로 열까지 세었다. 아무 소리도 들리지 않았다. 문득 등 뒤가 불안했다. 슬쩍 몸을 돌리는데 무언가 옆구리를 찔렀다.

"으악!"

엉겁결에 뿌리치고 보니 솔가지였다.

"휴우."

무서우면서도 어이가 없었다. 다시 삭정이를 꺾어 모았다. 이만하면 됐다는 생각이 들 때까지 계속했다.

나무는 이제 다 되었다. 얼른 땅에 뻗어 나간 칡덩굴을 돌멩이로 짓찧어서 끊어 가지고 삭정이들을 한데 묶은 다음 멜빵을 해서 지고 일어났다.

나무터에서 나와 숯가마로 이어지는 길과 만나는 곳에 다다랐을 때 다시 등 뒤에서 산비둘기 우는 소리가 들려왔다. 이번에는 하나도 무섭지 않았다. 멀리 있지만 마을 집들도 보이고 햇볕이 뜨겁게 내리쬐고 있어서 귀신이 아니라 귀신 할아버지라도 어쩌지 못할 것 같았다.

나무하러 오다가 쉬던 바위에 나뭇짐을 벗어 놓았다. 양 어깨가 뻐근했다. 땀이 나서 티셔츠가 다 젖었다. 얼굴에 흐르는 땀을 티셔츠 앞자락을 들어 닦고 바위에 걸터앉았다. 바람이 불어 와 시원했다.

땀이 들어가자 등이 슬슬 가려웠다. 알맞은 삭정이를 꺾어 들고 손을 뒤로 해서 긁기 시작했다.

언제부터인지 내 등에는 뾰루지 같은 것이 생겨났다 없어지곤 했다. 특별히 아픈 것은 아니고 몹시 가려웠다. 밤에 잠자기 전에 엄마한테 등을 갖다 대고 긁어 달라는 게 일과처럼 되었다. 여기저기서 좋다는 약을 어렵게 구해 써 봐도 별 소용이 없었다. 낫는 듯하다가는 도지고, 다시 도지고 했다. 그러던 중에 누군가가 미송리 산 속에 있는 약수터에 가서 며칠 묵으며 약수도 마시고 목욕도 하라고 권했다.

여름 방학을 하고 일주일 뒤에 나는 엄마와 함께 우리 동네에서 20여 리 떨어진 이곳 약수터로 왔다. 나는 냄비와 반찬을 등에 지고 엄마는 쌀과 이불 보따리를 머리에 이고 높은 산을 넘어왔다.

약수터는 미송리에서도 산으로 한 시간은 걸어 올라와야 한다. 아침에 집을 나설 때는 의기양양했지만 얼마 지나지 않아 짜증을 내며 걷게 되었다. 오다가 중간에서 싸 온 밥을 먹고 점심때가 지나서야 약수터에 닿았다. 약수터는 서남향의 아늑한

골짜기 안에 있었다.

주인아저씨가 약수터 어귀 아름드리 노송이 있는 곳까지 나와서 짐을 받아 주었다. 학교 운동장 한 옆에 있는 느티나무처럼 가지가 풍성했다. 바가지 우물로 우리를 데리고 간 아저씨는 기도를 하고 손수 표주박으로 물을 떠 주었다. 이곳에 머무는 동안 이 물을 마시고 목욕을 하면 피부병이 낫는다는 거였다. 엄마는 가지고 간 쌀을 한 되 주고, 마당에서 자겠다고 했다.

이곳은 특별한 병이 없어도 대학생들이 야영을 오기도 하는 곳이었다. 마당 동쪽 잣나무 숲 아래 텐트가 서너 개 보였다. 마당 아래쪽에는 고목이 되다시피 한 개복숭아나무가 많았는데, 아저씨가 심은 거라고 했다. 나는 신이 났다. 쳐다보기만 해도 침이 넘어가는, 누런 바탕에 붉은빛이 돌고 꼭지 옆쪽으로 조금 짜개진 개복숭아가 지천이었기 때문이다. 가지를 흔들어서 떨어지는 놈으로 먹든가 나무에 올라가서 따 먹어도 좋았다. 또 아름드리 잣나무들 위에 가득 매달린 검푸른 잣송이는 가슴을 두근거리게 했다. 우리 동네에서는 그렇게 귀한 것이 이곳에는 지천으로 널려 있는 것이다. 올해는 철이 일러서 지금 잣송이에는 알맹이가 가득 차 있을 것 같다.

처음에는 낯설기만 했는데 두 밤이 지나자 이곳에서 오래 산 것처럼 아무런 불편 없이 지내게 되었다. 그리고 지금은 나 혼자 나무까지 할 수 있게 된 것이다.

등 긁던 삭정이를 비탈 아래로 던지고 바위에서 일어났다.

다시 나뭇짐을 묶은 칡덩굴에 양 팔을 넣고 끈을 어깨까지 올린 다음 산길을 내려갔다. 삭정이를 꺾느라 손과 팔뚝이 긁혀서 여기저기 시뻘겋게 되었지만 상관 없었다. 방학하기 전 친구들과 놀다가 넘어지는 바람에 무르팍에는 시커멓게 딱지가 앉았다. 다시 산비둘기 우는 소리가 들려오자 나는 소리나는 쪽을 쳐다보고 혀를 쏙 내밀었다.

"흥, 너 울어 봤자다. 하나도 안 무서워."

나는 개선장군처럼 폼을 잡으며 멍석 위에 앉아 있는 엄마 앞으로 걸어갔다.

"우리 막둥이가 나무 많이 해 왔네."

엄마가 기특하다는 듯이 말했다.

"힘들어 죽겠어."

지고 있던 삭정이 묶음을 벚나무 뒤쪽 공동 화덕 옆에 벗어던졌다. 그리고 아래쪽으로 정확히 일곱 걸음 떨어진 나무확으로 갔다. 바가지 우물에서 넘쳐흐르는 물은 통나무로 만든 홈을 타고 흘러내려오다가, 이곳에서 가지를 쳐서 구유처럼 생긴 나무확에 고였다. 계속 나무 홈을 타고 아래로 흐르는 물은 목욕터 위에서 떨어져 내리는데, 따따따따 소리가 밤이면 유난히 크게 들렸다.

엎어 놓은 바가지로 물을 퍼서 양은 대야에 붓고 세수를 한 다음 티셔츠 앞자락을 들어서 얼굴을 닦았다.

"애, 이 수건을 써. 나무를 해 왔네. 어디서 해 왔니?"

얼른 티셔츠 앞자락을 내리고 뒤를 돌아보았다. 처음 보는 누나가 웃으며 수건을 내밀고 있었다. 얼떨결에 받아들기는 했지만 멍했다. 향긋한 냄새도 나는 듯해서 쓸 엄두가 나지 않았다. 빡빡 깎은 머리며 검게 탄 내 두 팔이 창피하게 생각되었다.

나는 어정쩡한 자세로 누나를 보았다. 키가 무척 컸다. 청바지에 흰색 티셔츠 차림이라서 더 그런지도 몰랐다. 하얀 얼굴에 어깨 뒤로 길게 늘어뜨린 생머리와 하얀 두 팔이 보기만 해도 아찔했다. 단박에 누나가 좋아졌다. 기숙이한테서 느끼던 것과는 다른 거였는데, 차근차근 생각할 수가 없었다. 가슴이 뛰고 얼굴이 달아올랐다. 어떻게 수건을 돌려주고 마당으로 왔는지 모른다.

"저건 누구네 보따리야?"

멍석 한 귀퉁이에 어깨에 메고 다니는 예쁜 가방과 쌀이며 냄비 따위가 든 작은 보따리와 홑이불 보따리가 놓여 있었다.

원주에서 온 형과 할머니가 떠나고 나서 멍석에서 자는 사람은 엄마하고 나밖에 없었다. 텐트도 없고 주인아저씨가 빌려주는 방에 들 만한 돈이 없었기 때문이다. 가지고 간 이불을 덮어서 춥지는 않았다.

"서울서 온 사람들이야."

엄마가 나직하게 말했다. 아마 누나네도 방에 들지 않고 마당 멍석 위에서 자려는 모양이었다. 나는 신이 났다. 할머니와 형이 떠나는 바람에 심심했는데······.

13

수건을 빌려 준 누나가 멍석으로 와서 앉았다. 다시 가슴이 두근거렸다. 주인아저씨네 기역자 집과 내가 앉아 있는 멍석 사이의 마당에 햇빛이 투명하게 내리꽂히고 있었다. 멍석에 그늘을 드리운 벚나무 가지에서 쓰르라미가 울어 댔다. 어제와 같은 한낮의 풍경인데, 아득한 기분이 들었다. 조금 그렇게 있자, 누나의 엄마인 듯한 아주머니도 멍석으로 왔다.

엄마와 마음씨 좋아 보이는 그 아주머니는 서로 얘기가 있었던 듯 이야기꽃을 피웠다.

"우리 막내예요. 피부병이 있어서, 누가 여기 가 보라고 해서요."

"아유, 귀엽게도 생겼네요. 우리 딸은 폐가 좀 나빠서……."

아주머니 표정이 금세 어두워졌다.

2

누나에게 내 장점을 보여 줄 수 있다는 것이 기뻤다. 엄마와 아주머니 말에 마지못해 나서는 척했지만 실은 그게 아니었다. 오래 전부터 알고 지내는 사이처럼 정다운 느낌이 들었다. 나는 누나가 준 초콜릿을 먹으며 잣나무 숲길로 해서 비탈을 올랐다.

"얘, 여기서 머니?"

누나가 등 뒤에서 내 오른팔을 잡으며 물었다.

"아니요. 조금만 더 가면 되는데, 힘들어요?"

얼굴이 달아오르는 것만 같았다. 누나가 내 팔을 잡으리라고는 예상하지 못했기 때문이다.

"응, 조금."

누나 숨소리가 크게 들렸다.

"에이, 이까짓 걸 가지구 뭘……."

누나를 끌고 올라가기 시작했다. 나도 지쳐 있었지만 겉으로 내색하지는 않았다.

멀리 마을이 내려다보이는 산등성이 바위 옆을 지날 때 누나
가 쿨룩쿨룩 기침을 했다. 때문에 잠시 바위에 앉아서 쉬게 되
었다.

"계속 올라가면 숯 굽는 가마가 있대요."

나는 산 위로 난 길을 가리키며 말했다.

"어머, 그러니? 언제 우리 구경 가자."

손수건으로 얼굴에 배어 나온 땀을 닦으며 누나는 신기한 것
을 보는 듯한 표정을 지었다.

"그래요. 나도 여지껏 가 본 적 없어요."

자지러지는 듯한 기침 끝이어서인지 누나는 얼굴이 헬쑥해
졌다. 하지만 나는 달맞이꽃 같은 누나 향내를 맡고는 이내 잠
에 취한 것처럼 몽롱해져서 사물을 자세히 볼 수 없었다.

"너무 멋지다. 이렇게 예쁜 야생화 무리를 보기는 처음이야."

바위에 걸터앉은 누나는 들꽃이 피어 있는 비탈을 보며 감탄
했다.

"세상에…… 어쩜."

"저기 노란 꽃은 마타리꽃, 그 옆 흰 꽃은 초롱꽃, 자줏빛 꽃
은 개미취, 저건 등골나물꽃……."

나는 손가락으로 가리키며 꽃 이름을 말했다.

"어쩜, 이름도 너무 예쁘다."

순간 나는 머쓱했다. 꽃 이름이 다 그렇지 뭐 특별히 예쁘고

자시고 할 것이 어디 있겠는가.

우리는 숯가마가 있는 곳으로 올라가다가 오른쪽으로 난 숲속 길로 걸어 들어갔다. 숲이 점점 깊어져서 하늘이 보이지 않게 되자 내 등에 누나 몸이 닿았다. 나는 뒤로 내민 손으로 누나 손을 꼭 쥐고 침착하게 걸어갔다.

"어쩜, 이런 데가 다 있었니? 참 재밌다, 애. 그런데 조금 무섭다. 얼른 내려가자."

나무하는 곳에 도착하자 누나가 내 옆으로 다가서며 말했다.

"무섭긴 뭐가 무서워. 난 하나도 안 무서워. 나무를 많이 해가야 내일 아침까지 밥을 하죠."

나는 으쓱해서 아무렇지도 않다는 듯 말했다.

"여기 앉아 계세요."

펑퍼짐하게 생긴 바위에 누나를 앉게 했다.

"같이 해야지."

"아녜요, 앉아서 쉬세요. 참, 누나! 여기 좀 보세요."

나는 먹다 남은 초콜릿을 바위 밑 굴에 집어넣었다.

"그건 뭐야?"

"비밀 장소예요."

"비밀 장소?"

누나가 앉아 있는 바위 밑에는 굴이 있었다. 굴이라야 팔을 집어넣으면 끝이 닿는 정도였다. 예전에 토끼가 머문 적이 있었던 듯 마른 토끼 똥이 몇 개 있을 뿐 최근에는 다람쥐도 드나

17

들지 않는 것 같았다. 그렇지만 이곳을 가르쳐 준 형은 토끼굴이라고 이름을 붙였다.

"그래? 참 재밌구나."

누나도 쪼그리고 앉아 굴 속에 손을 넣어 보았다. 구멍이 남쪽으로 난 굴은 잘 살펴보지 않으면 눈에 띄지 않는다.

나뭇잎과 솔가리로 굴 입구를 숨기고는 아까보다 더 많이 삭정이를 꺾어 모았다. 이어 돌멩이로 칡덩굴을 끊어서 묶은 다음 멜빵을 해서 지고 일어났다.

"어머, 너무 힘들잖니. 같이 들고 가자, 응?"

누나가 다가서며 말했다.

"길이 좁고 가팔라서 둘이 들고 가면 더 힘들어요."

나는 천천히 숲을 빠져나갔다. 자랑스러웠다. 시커멓게 탄 얼굴이며 팔 다리지만 조금도 부끄럽지 않았다.

"얘, 힘들겠다. 쉬어 가자."

너럭바위 근처를 지날 때 누나가 말했다. 나는 마지못한 척 나뭇짐을 벗어 놓고 바위에 걸터앉았다.

"이름이 뭐니?"

누나가 옆에 앉으며 물었다.

"은수예요, 이은수."

"내 이름은 순희야, 양순희."

"누나라고 불러도 돼요?"

나도 모르게 얼굴을 붉히며 말했다.

18

"그럼, 되고말고."

누나는 손으로 내 어깨를 가볍게 쳤다.

우리는 저녁 식사를 마친 다음 잠잘 채비를 했다. 어둠이 서서히 약수터 마당으로 몰려들기 시작했다. 주인아저씨네 집 마루 위에 걸린 남폿불이 눈을 크게 떴다. 순희 누나네도 방에서 자지 않고 멍석에서 잔다고 했다. 나는 날 듯이 뛰어가서 아침에 마루 귀퉁이에 두었던 이불 보따리를 들고 왔다. 마당 남쪽에 있는 아름드리 벚나무 아래쪽으로 멍석을 조금 옮겨 놓았다. 벚나무는 가지가 풍성해서 지붕 구실을 해 주고 있었다.

벚나무 쪽으로 머리를 두고 나란히 누웠다. 잣나무 숲 쪽 맨 가장자리가 엄마, 다음이 나, 순희 누나, 아주머니 순이었다. 저마다 이불을 한 채씩 덮고 간격을 조금 두긴 했지만, 누나와 나란히 누워 있게 되어 좋았다.

아직 여덟 시도 안 되었을 것 같다. 이곳은 해가 일찍 넘어가서 오후 네 시 반이면 저녁밥을 지어야 한다. 그런만큼 밤은 길었다. 주인집 마루 위에 걸린 남폿불이 마당을 비추고 있을 뿐 사방은 어둠으로 가득 찼다. 자장가처럼 아침까지 이어지는, 목욕터에서 물 떨어지는 따따따따 소리와 나무확에서 물이 넘쳐흐르는 졸졸졸졸 소리만 들릴 뿐이었다.

누워서 남폿불을 쳐다보던 나는 문득 누나가 눈물을 흘리던 모습이 생각나서 킥킥 웃었다. 누나는 삭정이를 때며 공동 화덕

19

에서 밥을 하다가 눈물을 흘렸다. 화덕은 크기가 여러 가지이므로 자기 냄비 크기에 맞는 곳을 찾아 걸어야 한다. 그러나 딱 맞는 경우는 드물었다. 약수터에 머무는 사람들이 같은 시간대에 밥을 하기 때문에 조금이라도 늦으면 자리 차지하기가 어려웠다. 때문에 냄비만 걸 수 있으면 얹어 놓고 밥을 한다. 하지만 제대로 안 되어서 붙잡다가 손을 데기도 하고, 바람이라도 조금 불라치면 연기 때문에 눈물이 나는데 누나도 그랬다.

어제까지만 해도 나 역시 눈물을 흘렸는데, 그게 다 요령 부족이었다. 오늘 아침에 떠난 형은 그런 나를 놀려 대곤 했다. 야 임마, 싸나이가 뭘 그까짓 걸 가지고 눈물을 짜고 그러냐.

"너 왜 웃니?"

누나가 오른손으로 살짝 내 왼팔을 잡으며 물었다.

"밥할 때 울던 게 우스워서…… 하하하."

참았던 웃음보를 터뜨렸다. 누나도 따라 웃었다.

"하늘에 별 좀 봐라. 참 많기도 하다, 그치?"

웃음을 그친 누나가 그윽한 목소리로 말했다. 마당가에 다소곳이 있다가 밤이 되면 살며시 꽃을 피우는 달맞이꽃이 말을 한다면 꼭 이러려니 싶었다.

나는 누나가 잘 부탁한다며 준 초콜릿을 잘라 입에 넣으며 반듯하게 누운 채로 하늘을 올려다보았다. 주인집 지붕과 머리 위 벚나무 사이에 은하수가 흐르고 있었다.

"어, 저기 별똥별 떨어진다."

나는 손가락질을 하며 소리쳤다.

"어메나, 깜짝이야!"

엄마가 내 어깨를 툭 쳤다.

엄마는 아주머니와 내 피부병에 대한 이야기를 하고 있었다. 창피했다. 어제까지만 해도 느끼지 못하던 감정이었다.

"얘도 누가 여기 가 보라고 해서요."

"잘 왔어요. 주인아저씨도 여기 와서 지내는 동안 폐병이 다 나았다잖아요. 금방 나을 거예요."

엄마가 걱정 말라는 듯 자신 있는 목소리로 말했다.

"그랬으면 좋겠어요."

아주머니 목소리는 우리 동네에 자주 끼곤 하는 안개처럼 축축하게 젖어 있었다.

"이제 겨우 스물셋인데……."

"아이, 엄마!"

"그래그래, 원 애두……."

누나가 빽 소리를 지르자 아주머니는 입을 닫았다. 엄마도 아무 말이 없었다.

나는 우울해졌다. 여전히 남폿불은 마당 둘레를 불그레한 빛으로 감싸고 있었다. 아주머니 코 고는 소리가 들리기 시작했다. 뒤이어 엄마의 잠든 숨소리도 들려왔다. 하지만 나는 잠들지 않았다. 그저 아무 말도 안 하고 있을 뿐이었다. 가까워졌던 누나가 다시 멀어지는 느낌이었다. 딱히 기분 나쁘거나 우울할 것은 없는데도 그랬다.

"오늘 고마웠어."

누나가 내 쪽으로 돌아누웠다.

"은수 자니?"

"아니요."

나는 꾸중들은 아이처럼 시무룩하게 대답했다.

"내일도 나무하러 같이 가 줄 거지?"

이번에는 대답하지 않았다.

"너 화났구나."

"……."

"창피해서 그랬어. 미안해."

누나가 사과하고 나자 내 마음이 금방 편안해졌다. 가만히 누나 손을 찾아 쥐었다. 따뜻했다. 조금 힘을 주자 누나도 그렇게 했다. 순간 누나 손에서 무언가가 팔을 통해 내 가슴으로 전해져 왔다. 엄마나 기숙이한테서 느끼던 것과는 전혀 다른 거였다.

3

아침에 제일 먼저 일어났다. 어제까지만 해도 엄마가, "해가 똥구멍을 비춘다. 그렇게 게을러서 어디다 쓰니." 하는 꾸중을 듣고서야 마지못해 눈을 떴다. 하지만 오늘 아침은 엄마보다 먼저 잠에서 깨었다. 기다렸다는 듯이 따따따따, 졸졸졸졸 소리가 두 귀에 가득 스며들었다. 머리 위 벚나무 가지에서 새들이 지저귀고 있었다. 안개는 잣나무 숲 사이로 서서히 빠져나가고 있었다.

너무 이른 시각이었다. 마당에서 자는 바람에 늘 일찍 일어나야 했지만 오늘은 너무 일렀다. 약수터 어디에고 사람이 일어난 기척은 없었다. 눈만 내놓고 있는데 문득 순희 누나 냄새가 났다. 달맞이꽃처럼 달콤한 향내였다. 나는 누나 얼굴을 살며시 보았다. 가만히 한 손을 이불에서 빼내 누나 얼굴 가까이 가져갔다. 하얀 뺨을 감싸고 있는 머릿결을 만져 보고 싶었지만 용기가 나지 않았다. 그랬다가는 누나가 당장 깨어나서 야

23

단칠 것만 같았다.

누나가 반대편으로 돌아누웠다. 제풀에 놀라서 얼른 손을 집어넣고 눈을 감았다. 나쁜 짓을 하다가 들키기라도 한 것처럼 얼굴이 화끈거렸다. 얼마 뒤에 엄마가 잠에서 깨어났을 때 나는 벌떡 일어나 앉았다.

"웬일이니, 우리 게으름뱅이 막둥이가."

엄마는 신기하다는 듯이 웃으며 말했다. 나는 씩 웃은 다음 낡아빠진 검정색 운동화를 신고 마당에 서서 맨손체조를 했다. 엄마 눈이 쟁반처럼 커졌다. 하지만 모르는 체 숨쉬기 운동까지 다 마치고 약수터 어귀로 뛰어갔다.

"어디 갔다 오니?"

노송 아래서 다시 체조를 하고 어슬렁거리다가 마당으로 가자 누나가 물었다. 이불은 말끔하게 개어져 있었다.

"운동하러요."

"어쩜, 부지런하구나. 내일부터는 나도 깨워라. 같이 하자, 응?"

나는 얼른 고개를 끄덕였다.

엄마가 이불 보따리를 주인집 마루 귀퉁이에 가져다 두고 오자 누나가 자기네 이불 보따리를 들고 일어섰다. 빼앗듯이 받아서 마루 귀퉁이에 갖다 놓았다. 고맙다는 누나 말에 나는 씩 웃었다.

물이 넘쳐흐르는 나무확으로 갔다. 양은 대야에 바가지로 물

24

을 떠서 담고 가만히 들여다보았다. 물결이 잔잔해지자 내 얼굴이 고스란히 비쳤다. 밤톨 같은 머리통에 시커먼 얼굴……. 나는 힘껏 비누칠을 해서 여러 번 세수를 했다.

약수터 사람들이 깨어나서 나무확으로 몰려들었다. 세수를 하기도 하고 쌀을 씻어서 밥을 안치기도 했다. 나는 엄마가 불 때라고 말하기를 기다리며 마당가를 슬슬 거닐었다.

"이 꽃 이름이 뭐니? 참 예쁘게 생겼다."

어느 사이 곁에 온 누나가 물었다.

"달맞이꽃이에요."

나직하게 대답했다.

"예쁘기도 해라. 이름은 들어 보았는데. 이거 밤에만 피는 꽃 아니니?"

"아직 햇살이 비치지 않아서 그래요. 조금 있으면 시들어요."

"어쩜, 은수는 꽃에 대해서 잘 아는구나."

나는 어깨를 으쓱해 보였다.

"밤에 보면 하얗게 보여요. 달콤한 향내도 나는데."

고개를 숙이고 꽃에 코를 가까이 대고 킁킁 냄새를 맡았다. 누나도 따라서 했다.

"정말 달콤한 향기가 나네."

허리를 숙이고 연신 냄새를 맡으며 누나가 말했다.

'누나한테서도 그런 향기가 나요.'

소리내어 말하고 싶었지만 못 했다. 언젠가는 꼭 그 말을 해

25

줘야겠다고 생각했다.

공동 화덕으로 가자 엄마가 불을 때라고 했다. 아주머니도 바로 옆 화덕에 냄비를 걸었다. 따라서 나는 누나와 나란히 앉아서 밥을 하게 되었다.

"참 삭정이가 잘 탄다, 연기도 별로 안 나고. 정말 고마워."

누나가 칭찬했다. 별다른 불쏘시개도 없이 쉽게 불이 붙었다. 다른 사람들은 나무가 굵거나 바싹 마르지 않아서 제대로 되지 않자 입으로 불거나 부채질을 했다. 하지만 나는 누나와 느긋하게 나무 토막을 하나씩 깔고 앉아서 삭정이를 넣었다.

어제 아침에 형하고 같이 앉아서 불을 땔 때와는 사뭇 기분이 달랐다. 그때는 연기가 나서 눈이 맵고 지겹기만 했는데 지금은 마냥 즐거웠다. 밥물이 끓은 다음 냄비에서 짜작짜작 소리가 나기 시작했을 때 나무를 그만 넣었다. 이제 10분쯤 뜸만 들이면 된다. 누나네 냄비에서도 같은 소리가 나기 시작했다.

아침을 먹고 누나와 함께 어제 그곳으로 나무를 하러 갔다. 점심 지을 나무였다. 하루에 한 번만 다녀도 되지만 형한테서 배운 대로 두 번씩 다니기로 했다. 오전에 나무를 해 가지고 오면 땀이 나서 목욕하기 좋다는 게 형 의견이었다. 따라서 자연스럽게 하루에 두 번 목욕을 할 수 있게 되었다.

약수를 먹고 몸을 씻으면 효험이 있다. 때문에 땀이 나든 안 나든 목욕은 꼭 해야만 하는 거다. 내가 이런 말을 하자 누나도 옳다고 했다. 우리는 점심 해 먹을 만큼만 삭정이를 꺾었다.

마당에 들어섰을 때 엄마와 아주머니가 멍석에 앉아서 이야기를 나누고 있었다. 나는 공동 화덕 한쪽 귀퉁이에 나뭇짐을 벗어 놓은 다음 엄마에게 가서 수건을 달랬다.

"누나 목욕하는 거 가르쳐 주고 보초도 서, 우리 도령."

아주머니도 누나에게 수건을 주고 옆에 서 있는 내게 말했다.

"우리는 조금 있다 할 테니까 땀 식기 전에 먼저 하구 와."

엄마도 거들었다.

목욕터로 내려가는 길은 마당에서도 다 보였다. 서북쪽에 있는 약수터 어귀 노송도 보이고 모든 곳이 한눈에 들어왔다. 깊은 산 속에 자리잡고 있으되 잘 계획되어 안정감이 있었다.

누나와 함께 목욕터로 곧게 내리뻗은 길을 걸어갔다. 길 왼쪽으로는 고목이 되다시피 한 개복숭아나무들이 잔뜩 열매를 매달고 있었다. 나는 꼭지 옆이 짜개지거나 불그레하게 된 복숭아가 잔뜩 매달린 가지를 흔들었다.

겨우 두 개가 떨어졌다. 얼른 주워서 하나를 누나에게 건넨 다음, 나머지 하나를 보란 듯이 바지에 쓱 문질러서 털을 닦아 내고 입으로 가져갔다. 물렁물렁한 게 달았다. 복숭아를 손에 쥔 채 옆에서 보던 누나는 수건 끄트머리로 털을 닦아서 손으로 껍질을 벗기고 입으로 가져갔다. 맛이 없다고 뱉어 버리면 어쩌나 싶어 조금 긴장되었다. 그러나 누나는 그 예쁜 입술을 오물거리며 먹더니 맛있다고 했다.

나는 신이 났다. 근처에 있는 나무를 죄다 흔들다시피 해서 티셔츠 앞자락에 담아 가지고 왔다.

"어머, 은수 덕분에 복숭아를 실컷 먹게 되었네."

누나가 웃으며 말했다. 나는 크고 벌레도 안 먹고 물렁물렁한 것으로만 골라서 누나에게 주었다.

바가지 우물에서 넘쳐흐르는 물은 나무 홈통을 여러 개 지나서 아래로 달리며 개복숭아나무 뒤편으로 해서 목욕터까지 이어진다. 그곳은 아래쪽을 제외한 삼면이 바위로 둘러싸여 있고, 어른 키보다 조금 높은 곳에서 물이 떨어지고 있었다.

바닥도 우리 집 안방처럼 넓은 바위로 되어 있어서 옷을 벗고 그곳에 서 있기만 하면 된다. 정확하게 표현하자면 샤워장이다. 옆쪽에는 수건과 옷을 걸어 놓을 수 있도록 나무가 가로질러져 있고, 아래쪽은 약간 비탈이 져서 거기서부터 계곡이 시작되고 있었다. 목욕하는 머리 위로는 떡갈나무가 하늘을 가리고 있고, 그 나무를 굵은 머루덩굴과 다래덩굴이 감아 올라갔다. 섭섭하게도 올해는 머루가 조금밖에 달리지 않았고, 어제 따 먹어 보니 덜 익기도 했다.

목욕터로 가는 길은 외길이었다. 목욕터는 남녀 공용이라서 약수터 사람들은 자연스럽게 시간대를 달리 해서 목욕을 한다. 남자들이 목욕을 할 때는 내려가는 길가에 있는 박달나무 가지에 옷을 하나 걸어 두고, 여자들이 할 때는 두 패로 나누어서 교대로 지켜 주었다.

"누나 먼저 하세요, 내가 여기 있을게."

박달나무 가지 아래에서 내가 말했다.

"고마워. 그럼 나 먼저 할게."

누나가 물 맞는 곳으로 내려갔다. 나는 티셔츠 앞자락에 담은 개복숭아를 평평한 바위 위에 놓고 옆에 걸터앉았다.

복숭아를 두 개째 먹고 있는데 누나 물 맞는 소리가 들려왔다. 몇 걸음 걸어 내려가서 왼쪽 커다란 바위를 끼고 돌면 누나 모습을 볼 수 있을 터였다. 가슴이 마구 뛰었다.

하늘 가운데로 은하수가 흐르기 시작했다. 어젯밤처럼 엄마와 아주머니가 가장자리에, 나와 누나가 가운데 누웠다. 엄마와 아주머니는 피곤한지 코를 골았지만 나는 잠이 오지 않았다. 꼴깍, 침 삼키는 소리가 유난히도 크게 들리는 것만 같았다.

누나가 손바닥만 한 카세트를 틀었다. 낮에 보았는데 무척 멋진 거였다. 초록색 가죽 케이스에 들어 있는 그것은 보기에도 보통 물건 같지 않았다. 아마 우리 마을을 통틀어도 이처럼 멋지고 좋은 카세트를 가지고 있는 사람은 없을 것이다. 어떻게 사용하는지도 모르지만 행여 잘못 다뤄서 고장이라도 날까 봐 조심스럽게 두 손으로 만져 보고 도로 누나에게 주었다. 카세트테이프도 들을 수 있고 라디오 방송도 들을 수 있는 거였다.

잠시 음악을 듣던 누나는 소리가 너무 크다고 생각했는지 소리를 줄이더니 아예 꺼 버리고는 라디오를 틀었다. 지지직거리며 알아듣기 힘든 방송이 몇 개 잡히다가 드디어 또렷하게 들리는 방송이 하나 잡혔다. 목소리가 멋진 남자 디제이가 무슨 말인가를 하고 있었다.

"은수야, 자니?"

누나가 살그머니 내 손을 잡았다. 나는 가만히 있었다.

"너 안 자는 거 다 알고 있어. 이래도 버틸 테야?"

누나가 겨드랑이를 간질였다. 처음에는 정말 잠든 척하고 가만히 있다가 더 이상 참지 못하고 킥킥거리며 웃음을 터뜨렸다.

"왜 대답을 안 하니?"

누나가 내 팔을 꼬집었다.

"그냥."

"혹시 내가 신청한 음악이 나올지도 몰라."

약간 설레는 목소리로 누나가 말했다.

"엽서 보냈어요?"

"그럼. 오늘 밤에 틀어 달라고 했는걸."

"진작 말하지. 혹시 지나갔을지도 모르잖아요."

누나가 어떤 사연을 써서 보냈는지 몹시 궁금했다. 가끔 큰형이 가지고 있는 트랜지스터 라디오를 듣곤 했는데, 형은 쪼그만 놈이 잠 안 자고 듣는다고 야단을 치곤 했다.

"참 별이 밝기도 하구나. 서울에서는 제대로 안 보이는데."

누나가 나직하게 말했다.

"우리 집에서는 잘 보이는데. 저녁 먹고 나서 멍석에 앉아 있으면 하늘 가득 떠 있는 게 별이에요."

나는 우쭐해서 말했다.

"그러면 은수는 별자리에 대해서 잘 알겠다, 그치?"

누나가 옆으로 바짝 다가왔다.

"저기 좀 봐, 은하수를 사이에 두고 양쪽에 밝은 별이 하나씩 보이지? 그게 견우와 직녀별이야."

"견우와 직녀?"

"그래. 견우별이 있는 별무리가 독수리자리, 직녀별이 있는 별무리가 거문고자리, 그 옆이 헤라클레스자리, 어머! 남쪽을 봐, 나뭇가지 사이로 전갈자리도 보이네."

가슴이 답답했다. 이럴 때 나도 별에 대해서 멋지게 말할 수 있으면 좋으련만…….

"저기 별똥별 떨어진다. 저건 죽은 사람의 영혼이래요."

나는 서쪽 하늘로 떨어져 내리는 별똥별을 보며 마치 잘 알고 있는 것처럼 말했다.

"어쩜, 그런 걸 다 아니? 은수는 모르는 게 없구나."

왼쪽 뺨 가까이 누나 숨결이 느껴졌다.

이번에는 아무 말도 하지 않았다. 주인아저씨가 마당가에 피워 놓은 모깃불에서 옅은 쑥 냄새가 풍겨 왔다. 베짱이 한 마리가 머리맡에서 때깍때깍 울어 대기 시작했다.

4

슬슬 마당가를 거닐었다. 나무하러 가기에는 이른 시간이었
다. 목욕하기는 싫고, 조금 어정쩡했다. 엄마는 나무확 옆에서
설거지를 하고 있었다. 잣나무 숲 위로 떠오른 해가 마당에 빛
줄기를 내리꽂기 시작했다.

바가지 우물에서 물을 떠 먹고 곰바위 쪽으로 걸어갔다. 곰
바위란 마당에서 같이 자던 형이 붙인 이름이다. 주인아저씨네
집처럼 큰 바위인데, 곰이 엎드리고 자는 듯하다고 해서 그렇
게 이름을 붙였다.

"은수, 어디 가니?"

순희 누나가 뛰어와서 내 손을 잡았다.

곰바위는 바가지 우물 오른편 목욕터 쪽으로 조금 내려가는
곳에 있었다. 따라서 크게 보면 마당 건너편, 목욕터 오른쪽 위
쯤 되었다. 비탈에 자리잡고 있는데, 길 쪽에서 올라가기는 쉬
웠으며 펑퍼짐하고 넓었다. 더 이상 갈 곳이 없어서 한적하고

사람이 거의 찾지 않는 곳이었다.

막 곰바위 위로 올라가려던 나는 저절로 옆에 있는 오리나무에 눈길이 갔다. 내 팔목보다 조금 가는 나무였는데 시선은 그곳 1미터쯤 되는 가지 한 지점에 머물렀다.

아, 거기 새로운 생명이 탄생하려 하고 있었다. 막 엄지벌레가 껍질을 벗고 있었는데, 마치 진흙으로 싸 발라서 제대로 형체를 구분할 수 없게 된 매미 같았다. 여섯 개의 다리는 오리나무 껍질을 단단히 움켜쥐고 있었다.

"누나, 저거."

나는 서너 걸음 뒤로 물러난 다음 왼손으로 가리켰다. 매미가 지금 태어나려는 중이며, 그럴 때는 바로 옆에 있지 말고 조용히 해야 된다고 생각했다.

나는 엄지벌레가 껍질 벗는 것을 딱 한 번 끝까지 보았다. 작년 여름이었다. 저녁을 먹은 다음 손전등을 들고 뒤란으로 돌아가서 감나무를 비추어 보았다. 엄지벌레가 막 껍질을 벗으려는 중이었다. 아마도 해가 지면서 땅 속에서 기어 나온 놈이 나무 줄기를 타고 잎까지 오른 것 같았다. 아홉 시 조금 전이었다. 엄지벌레의 누런 등이 갈라지면서 연둣빛이 보이기 시작했다. 서서히, 아주 서서히였다. 그렇게 등 쪽부터 나오고, 이어 머리가 나오고 앞다리가 나왔다. 날개는, 그 큰 날개는 바짝 마른 취나물처럼 양 옆구리에 붙어 있었다. 보기에도 아름다운 연둣빛이었다. 이어 엉덩이 부분만 껍질 속에 들어 있게 되었

33

는데, 그 마지막은 어려운지 내가 지치도록 시간을 끌었다.

꽁지 부분만 껍질 속에 들어 있는 채 몸을 뒤로 젖히고 있어서 몹시 불안했다. 도와주고 싶었다. 두 손가락으로 잡아서 쏙 빼내 주고 싶었다. 그러나 본능적으로 손을 대면 안 된다는 생각이 들었다. 여전히 매미의 등은 땅과 평행을 이루고 있었다. 잘 익은 도토리처럼 쏙 빠져서 떨어질까 봐 조마조마했다. 만약을 대비해 밑에 손이라도 받쳐 주고 싶었지만 그래서도 안 될 것 같았다. 하는 수 없이 손전등을 비추며 마냥 기다릴 뿐이었다. 팔과 다리 곳곳에 모기가 달려들었다.

얼마나 지났을까, 윗몸일으키기를 하듯 매미가 몸을 일으키더니 자신이 벗어 놓은 껍질을 여섯 개의 다리로 움켜쥐었다. 그 사이에 꽁지 부분이 완전히 빠져나왔다. 천천히 날개가 펴졌다. 바짝 마른 취나물을 미지근한 물에 담그면 잎맥까지 되살아나듯 그렇게 펴졌다. 속날개가 펴지고 그 위의 겉날개가 매미 키보다 더 커졌다. 이제 다 된 것 같았다. 매미는 대지의 숨결에 날개를 말리고 있었다. 한참 지나자 조금씩 움직이기도 했다.

우리는 멀찍이 떨어져서 매미가 껍질 벗는 것을 구경하기로 했다. 누나는 처음이라며 무척 신기해했다. 나는 놈이 껍질 벗는 것을 본 적이 있다는 걸 자랑하고 싶어 입이 근질근질했다.

주위는 참매미와 쓰르라미 소리로 가득했다. 조금 전까지는 조용하더니 한 마리가 울어 대자 나머지들도 따라 하는 통에 들이쉬는 공기에서도 매미 냄새가 나는 듯했다. 그렇지만 싫지 않았다. 누나 냄새처럼 현기증 나게 하지도 않고, 차츰 나 자신도 매미가 되어 가는 듯한 착각이 들었다.

"굉장히 오래 걸리는구나."

지루했던지 누나가 쪼그려 앉은 채 말했다.

"아직 멀었어요. 두 시간은 걸릴걸."

나는 더 이상 참지 못하고 지난 여름 밤에 본 것을 말했다. 누나가 감탄하는 표정을 지었다.

"병아리가 알에서 깨어나는 것도 보았는데."

나는 우쭐해서 말했다.

"어머, 재미있겠다. 그 얘기도 좀 해 봐."

누나는 몹시 궁금하다는 표정이었다.

"우리 집 뒤란에 닭장이 있거든요. 그곳에 닭을 키우는데 다 합치면 열네 마리예요. 수탉이 두 마리고 나머지는 암탉인데요, 거기엔 씨암탉이 한 마리 있어요. 수탉처럼 큰 놈인데 해마다 알을 품어서 병아리를 까는 거예요."

말을 멈추고 혀로 입술을 축였다. 누나 옆이라서 그런지 조리 있게 이야기할 수 없을 것 같았다. 이런 마음을 알았는지 누나가 웃으며 계속하라고 했다.

"봄이 되면 암탉이 알을 품는 거예요. 그때는 그놈을 닭장에서 꺼내 따로 키워요. 닭은 엄마가 모이를 줄 때 빼고는 둥우리에 앉아서 알을 품고 있어요. 그런 암탉에게 엄마가 모이를 줄 때였어요. 나도 옆에 있었는데, 닭은 모이를 먹으면서도 걱정이 되는지 자주 둥우리를 보는 거예요. 그때 알 속에서 톡톡 소리가 나더니 병아리가 부리로 껍질을 깨고 나오는 거예요. 그 조그만 노란 부리로 말이죠. 조금 있으니까 옆에 있던 알에서 또 톡톡 소리가 나더니 병아리가 나오구요."

"그래, 그 다음엔 어떻게 됐어?"

"그날은 그것으로 끝이었어요. 다음날에 또 깨어나고, 나머지는 그 다음날 다 깨어났어요."

"그렇구나."

나는 다시 엄지벌레가 껍질 벗는 것을 쳐다보았다. 누나도 나와 같이 눈길을 주었다.

"그런데 좀 이상하다. 여태 그대로네. 네가 보았을 적에도 이랬니?"

"아닌데?"

문득 이상하다는 생각이 들었다. 시간이 꽤 흘렀는데도 내내 그대로였다. 일어나서 살금살금 다가가 보았다. 누나도 따라왔다.

"어머!"

누나가 소리를 질렀다. 나는 그 정도는 아니었지만 움찔했다. 이어 구역질이 났다. 엄지벌레는 제대로 때를 못 맞추었다. 무엇 때문인가 꾸물거리다가 아침이 되자 껍질을 벗기 시작했고,

부지런한 개미들의 공격을 받은 거였다. 연둣빛으로 갈라져 보이는 등 속으로 불개미들이 들락거리고 있었다. 여태 이것을 못보고 있었다.

나는 입김으로 엄지벌레에 붙은 개미들을 날려 버리고 손가락으로 집어 들었다. 등 쪽의 연둣빛 부분만 남아 있을 뿐 빈껍질이었다.

"가자."

누나가 착 가라앉은 목소리로 말했다. 나는 껍질만 남은 엄지벌레를 버리고 돌아섰다.

5

마당으로 왔다가 다시 숲길로 들어섰다. 곰바위로 가는 길과는 V자를 이루는 듯 벌어지고 있었다. 누나도 말없이 따라왔다. 마당에서 곰바위만큼 떨어진 거리에 자그마한 무덤이 있었다. 주변의 나무들을 잘라 내서 볕이 잘 들고 잔디가 고왔다.

무덤 앞으로 가서 팔베개를 하고 누웠다. 나무 그늘이 져서 시원하고 좋았다. 굴참나무 가지 사이로 하늘이 보였다. 답답했던 가슴이 쑥 내려가는 느낌이었다.

"잔디가 참 곱기도 하다."

누나가 나직하게 말했다.

"주인아저씨가 관리를 한대요."

"그래? 이곳에 누가 묻혔길래……."

"젊은 여자라는데요."

"젊은 여자?"

"네. 나도 들은 건데……."

나는 이야기를 하기 시작했다.

"몇 년 전에 젊은 남녀가 이곳을 찾아왔대요. 지금처럼 무더운 여름이었다고 해요. 서울에서 왔는데 무척 부자였나 봐요. 짐꾼을 시켜서 냄비며 이불 보따리, 라디오까지 가지고 와서 주인아저씨가 빌려 주는 방에 들게 되었대요. 밥해 주는 아주머니도 같이 오고요. 두 사람은 약혼한 사이였는데, 그 누나 폐가 안 좋아서 결혼을 못 하고 이리 온 거래요."

나는 겸연쩍은 얼굴로 누나를 보았다. 누나는 잔잔한 개울물 같은 표정을 짓고 있었다.

"예쁜 누나였나 봐요. 같이 온 형도 멋있게 생겼구요. 키도 크고 마음씨가 좋아서 낮이면 할머니들한테 나무도 해 주곤 했대요. 그 두 사람이 마당에 나서면 마당 전체가 환해지고, 목욕터로 가면 다른 사람들 기분까지 다 좋아지고요. 누나는 폐가 나쁘긴 했지만 겉으로는 별로 표가 나지 않았나 봐요. 잘 먹고, 낮이면 형이랑 여기저기 다니며 놀고, 그 형은 누나가 목욕을 할 때면 지켜 주기도 하면서 그림자처럼 붙어다녔대요."

"그래서?"

"그 사이에 일주일이 지나고 그 형은 약수터를 떠나게 되었지요. 직장 때문에 어쩔 수가 없었대요. 그래서 아랫동네에 있는 가겟집 주소로 편지를 보내기로 약속하고 떠났대요. 이 약수터에는 규칙이 있어요. 오래 머무는 사람들은 마을에 내려갈 일이 있으면 꼭 그 집에 들러서 편지가 있으면 가져오는 거예

39

요."

"어머, 그런 게 다 있었어?"

누나는 조금 전보다 한 음 높은 목소리로 말했다.

"편지를 보낼 때는?"

"마찬가지로 그 집에 맡기면 된다구 해요. 부녀회가 운영하는 가게라서 약수터 사람들하고는 친하게 지내는 것 같아요. 편지와 돈을 맡겨 놓으면 우체부 아저씨가 가져간대요."

"그렇구나."

누나 표정이 밝아졌다.

한 달이 지나서 팔월 중순이 되자 떠났던 남자가 토요일 저녁에 와서 하룻밤 자고 가고, 여전히 여자는 이곳에 머물게 되었다. 그때가 되면 이곳에는 사람이 별로 없다. 피서삼아 온 사람들은 다 가고 장기 체류자만 남는 거였다. 잣나무 밑에 움막을 짓고 사는 사람이 있는데 이곳에 온 지 10년째였다. 주인 다음으로 오래되었고 욕쟁이로 통했다.

"욕쟁이?"

누나가 재미있다는 듯 물었다.

"집은 양평읍에 있는데 폐가 나빠서 이리 오게 되었대요. 그런데 다 나았으면서도 내려갈 생각을 안 한다네요."

"왜?"

"아주머니하고 큰아들이 가게를 보아서 먹는 데는 별로 걱정없대요. 또 소문에는 일하기 싫어하는 사람이래요. 그런데다 이곳에 와서 몇 년 놀게 되었으니 내려가기가 싫은 거지요. 주인 아저씨가 어디 멀리 갈 때는 대신 주인 노릇도 하고, 가을이면 이곳 잣을 도맡아서 딴대요. 아무 상관도 없으면서 말이에요. 잣을 누가 건드리지 못하게 하고 자기 혼자 따서 갖는데 그 수입이 짭짤하대요. 그래서 누가 따는 걸 보면 하루 종일 욕을 해 대는 거지요. 그래서 욕쟁이래요. 누나가 오기 하루 전에 잣나무 아래 텐트를 치고 있던 형이 따다가 걸려서 난리가 났어요."

"그 여자는 어떻게 됐어?"

"가을이 올 때쯤 누나 건강은 좋아졌지만 여전히 이곳에 머물게 되었대요. 결혼하면 다시 오기 어려우니까 완전히 나아서 가기로 작정한 거지요. 그러던 중에 숯가마 구경을 가게 되었대요. 우리가 나무하러 가던 길 위쪽에 있는 거 말예요. 시중드는 아주머니와 욕쟁이, 어떤 할머니 이렇게 넷이서 가게 되었대요. 나는 본 적이 없는데 숯을 꺼내는 것도 재미있는 구경거리라고 해요. 진흙으로 막았던 아궁이 입구를 헐어 내면 안에 보석처럼 까만 숯들이 가득 들어차 있대요."

"어쩜."

"산에서 굽는 숯가마는 본 적이 없지만 집에서는 보았어요. 마늘을 캐낸 텃밭에 소나무며 참나무를 쌓아 놓고 그 위에 왕겨를 덮고 불을 지르면 왕겨에 불이 붙어서 천천히 타 들어가요. 사흘쯤 걸리는데, 그 뒤에 재를 헤치면 안에 있는 나무들이 까만 숯이 되어 있어요."

41

"우리도 숯가마 구경 가자."

누나가 햇빛에 반짝이는 이슬 같은 눈으로 빤히 보며 말했다. 순간 나는 숨이 찼다. 멋지게 말해야겠다는 욕심 때문에 형한테서 들은 얘기를 의미도 제대로 모르면서 했던 것이다.

"그래요, 누나. 어제부터 아궁이를 막고 식히는 중이래요. 꺼낼 때 구경 가요."

이야기가 뒤죽박죽 제대로 되지 않았다. 폼도 좀 잡으며 조리 있게 하려고 했는데…… 뒤통수를 긁적이며 누나를 쳐다보자, 네 사람이 숯 구경 가는 데까지 말했다고 가르쳐 주었다.

네 사람이 숯가마에 갔을 때는 마침 숯을 꺼내는 중이었다. 조심스럽게 고무래로 긁어 내며 크기에 따라 골라서 칡덩굴로 떡갈나무 잎을 엮어서 가마니처럼 만든 곳에 담는다.

숯 고는 남자는 아랫동네에 살고 있었는데, 나이가 많은 총각이었다. 가진 재산도 없고 한글도 모르지만, 그래도 부지런하고 착한 사람이었다. 집에는 부모도 있었다. 그런 총각이 여자를 보게 된 거였다. 그날 네 사람은 한 아름씩 숯을 얻어 가지고 돌아왔다.

그 뒤로 숯 굽는 총각은 상사병이 났다. 일을 하다가도 히죽히죽 웃는가 하면 멍하니 있기도 하고, 반 미친 거였다. 집에 갔다 온답시고 자주 빈 지게를 지고는 약수터 마당을 지나가고, 목이 마르다고 지게를 벗어 놓고 쉬면서 약수도 마시고 멍석에 앉아서 쉬어 가곤 했다. 젊은 여자와 눈이 마주치면 더듬거리며 인사를 하고, 여자는 또 숯을 준 사람이니까 상냥하게 인사를 받았다.

총각의 이런 마음을 그 어머니가 알아챘다. 아들이 자주 멍하니 있고 전과 같지 않으니까 살살 캐묻다가 그 이유를 알게 되었다. 기가 막힌 어머니는, "네 처지를 알아라. 그 여자는 약혼자도 있고, 올라가지 못할 나무다." 하고 나무랐다. 아무리 달래고 욕을 하고 해도 아들은 계속 가슴만 태웠다. 아들이 이 모양이니 어머니는 몹시 걱정이 되었다. 숯을 팔아야 돈이 생기는데 멍하니 앉아서 히죽거리고만 있으니······.

어머니는 생각 끝에 약수터로 오게 되었다. 차마 여자에게는 말을 못 하고 주인아저씨와 욕쟁이에게 사실을 털어놓았다. 그 얘기가 시중드는 아주머니를 통해서 여자 귀에까지 들어가게 되었다.

젊은 여자는 처음에는 웃었다. 하지만 사태의 심각성을 알아차리고는 고민하게 되었다. 제일 좋은 방법은 숯 굽는 남자 눈에 띄지 않는 건데, 숯 굽는 터에서 마을로 다니는 길이 약수터 마당으로 해서 가는 것말고는 다른 길이 없었다. 하는 수 없이 여자는 정을 떼기로 했다. 마주쳐도 인사도 받지 않고 소가 닭 보듯이 지냈다.

그렇게 되자 숯 굽는 총각은 자신이 뭐 잘못한 게 있나 해서 또 전전긍긍하게 되었고, 며칠 뒤에 환심을 사려고 특품 숯을 한 지게 지고 왔다. 여자는 그걸 냉정하게 내쳐 버렸다. 일주일 뒤 숯 굽는 총각은 노송 가지에 목을 매고 죽었다. 가마 아궁이 옆에는 숯으로 여자 얼굴을 그려 놓았다.

"휴우."

누나가 나직하게 숨을 내쉬었다.

"재미없죠. 우리 이제 나무하러 가요."

나는 이제 그만 이야기를 끝내고 싶었다. 누나에게 잘 보이려고 하다 보니까 힘이 들고 긴장이 돼서 등에 땀이 축축했다.

"은수는 말을 참 잘하네. 계속해 봐."

누나가 다음 말을 재촉했다.

겨울이 되자 여자는 헛것을 보기 시작했다. 숯 굽는 총각이 부른다고 방문을 열고 내다보기도 하고, 나중에는 밤에 산으로 올라가는 걸 시중드는 아주머니가 붙들어 내려오기도 했다.

서울에서 약혼자가 와서 데려가려고 했지만 여자는 끝내 가지 않았다. 도리어 불결하다고 침을 뱉기까지 했다. 하는 수 없이 그 남자는 돌아가고 여자는 약수터에서 겨울을 나게 되었다. 여자 부모도 강제로 데려갈 수가 없었던 것이다.

봄이 되자 약수터 마당에서 굿이 벌어지게 되었다. 무당은 신이 올라 말하기를, '선녀와 시종이 만났다. 하늘의 선녀가 죄를 지어서 옥황상제 눈에 벗어나 그 벌로 쫓겨 내려오게 되었는데, 그 보호자로 시종을 보낸 거라고 했다. 곧 옥황상제의 시중을 드는 선녀이기 때문에 결혼을 할 수 없도록 시종이 지키고 있다는 거였다. 그래서 폐병도 걸리게 된 거고, 숯 굽는 총각이 짝사랑하다가 죽어서 지키는 거'라고 했다.

그 뒤 무당의 지시대로 여자와 여자의 어머니가 백일 기도를 드렸더니 여자는 제정신이 들고 폐병도 완전히 나았다. 하지만 여름이 지나도 서울에 있는 남자는 나타나지 않았다. 그렇게 팔자가 기구한 여자는 안 된다며 남자 부모가 틀었던 것이다. 이 사실을 안 여자는 그 해 첫눈이 올 때 방에서 약을 먹고 죽었다.

"여기 머물다가 며칠 전에 떠난 형한테서 이 말을 듣고 무서워서 혼났어요. 그런데 다음 얘기를 듣고서 안심이 됐어요."

"무슨 이야긴데?"

"서울에서 여자 부모가 와서 주인아저씨 배려로 이곳에 묻고 다시 굿을 하게 되었는데, 그 누나는 하늘나라로 올라가 있더래요. 숯 굽던 총각도 그렇구요. 그 뒤로 숯가마에서는 그렇게 일이 잘 된대요. 이곳 약수터도 마찬가지구요. 죽을병에 걸린 사람도 척척 낫는대요. 원주와 홍천, 양평과 여주 일대에는 소문이 자자해요. 죽은 여자 부모가 주인아저씨에게 해마다 사례를 하고 묘지 관리를 맡겼대요."

"그래서 이렇게 잔디가 곱구나."

누나는 감동한 듯 손바닥으로 무덤을 쓸었다.

6

약수터 어귀에서는 여전히 매미 울음소리가 소나기처럼 들
려왔다. 누나와 나는 아름드리 노송 아래 가로놓인 통나무에
앉았다. 쓰러진 굴참나무를 잘라서 놓았는데, 내 팔로 세 아름
은 되고 다섯 명은 넉넉히 앉을 수 있을 만큼 길었다. 이곳은
전망이 좋았다. 나무하러 가다가 쉬는 바위에서처럼 멀리 엄마
와 내가 넘어온 산이 보였다.

누나는 아무 말도 하지 않았다. 나도 마찬가지였다. 그저 두
다리를 까닥거리며 개복숭아를 먹다가 눈을 반쯤 감은 채 가만
히 있었다.

"무슨 생각 하니?"

누나가 나직하게 물었다. 목소리에 복숭아 냄새가 배어 있는
듯했다.

"소나기가 퍼붓는 것 같아요. 매미 울음소리로 만들어진 소
나기."

나는 복숭아씨를 앞으로 던졌다.

"들었죠? 퐁당 소리가 나는 게 아니라 맴맴 소리가 나는데."

"은수는 상상력이 풍부하네. 나는 미처 그런 생각은 못 했는데."

내 어깨에 팔을 얹으며 누나가 말했다. 순간 나는 무척 기분이 좋았다. 그런 칭찬을 들으리라고는 생각지도 못했기 때문이다. 하늘에는 멍석 모양의 흰 구름이 느리게 동쪽으로 흘러가고 있었다. 문득 그걸 타고 누나와 같이 여행을 했으면 좋겠다는 생각을 했다.

"오늘은 오는 사람이 아무도 없나 보다, 그치?"

조금 실망스런 목소리로 누나가 말했다.

"간 사람도 없는데요 뭐."

나는 어깃장을 놓듯 말했다. 오늘은 금요일이다. 따라서 가는 사람이나 오는 사람 모두 내일, 곧 주말을 염두에 두게 된다. 떠나려는 사람은 '토요일에 가지 뭐. 바로 내일 아냐.' 하는 마음이고, 오는 사람도 마찬가지였다. 하지만 오늘은 금요일, 약수터 사람들은 변동이 없었다. 그런데도 누나는 누군가를 기다린다. 여태 몰랐다가 지금에야 알아차렸다.

"은수는 언제 가지?"

나는 손가락을 꼽아 보았다. 벌써 네 밤이 지났다. 아마 내일쯤 엄마 입에서 가자는 말이 나올 것 같았다. 문득 누나를 두고 산길을 내려가는 상상을 하자 나도 모르게 핑그르르 눈물이 돌앗다. 고개를 숙인 채 티셔츠 앞자락에 복숭아털을 문지르며 물었다.

"누나는 언제 가요?"

"글쎄."

착 가라앉은 목소리였다.

슬쩍 고개를 들고 보자 누나 얼굴은 기운이 하나도 없는, 마치 외따로 떨어진 사람의 얼굴 같았다. 나는 털을 닦아 낸 복숭아를 입으로 가져갔다.

"은수는 누구 기다려 본 적 있어?"

먹고 난 복숭아씨를 버리지도 못한 채 들고서 엄지손가락으로 문지르고 있을 때 누나가 물었다. 제법 긴 침묵 뒤에 한 말이라서 반가웠다.

"덕소 사는 막내이모가 온다고 편지를 하면 꼭 기다렸어요. 맛있는 과자를 많이 가져왔거든요."

"그래?"

누나가 나를 보며 빙긋 웃었다.

초등학교 일학년 때였다. 같이 살다가 시집 간 막내이모가 온다고 했다. 가을이었는데, 편지에 그렇게 씌어 있었다. 그날부터 나는 이모가 오기를 기다리게 되었다. 엄마는 열 밤이 지나면 온다고 했다. 때문에 아침에 일어나면 꼭 손가락을 펴고 날짜를 셈해 보는 거였다.

아홉 밤.

여덟 밤.

일곱 밤

……

드디어 이모가 오는 날이었다. 하루 종일 마당가에 서서 기다렸다. 기차 시간은 몰랐지만 원주로 가는 기차 소리가 들리면 마당에 서서 곧게 뻗은 길을 내다보곤 했다. 화물차든 사람이 타는 차든 가리지 않았다.

양 옆에 미루나무를 거느린 신작로가 어둠에 물들어 사람이 오고 가는 것을 볼 수 없을 때까지 서성이다가 나도 모르게 잠이 들었는데, 누군가가 흔드는 통에 깨어나게 되었다. 그때 내가 제일 먼저 본 것은 과자였다. 보통 때에는 구경도 못 하던 맛있는 과자가 잔뜩 놓여 있었다.

"은수는 기억력도 좋아."

누나 얼굴이 밝아졌다. 나는 신이 나서 금방 생각난 다른 이야기를 하기로 했다.

"이번에도 아주 어릴 때의 일인데요, 정확히 몇 살 때인지는 기억이 안 나요. 안방에는 나랑 엄마만 있었어요. 형들도 없고, 아버지는 여러 날 친척집에 다니러 갔던 것 같구요. 밤이었는데, 나는 아랫목에 누워 있었어요. 잠이 든 건 아니었어요. 봄이나 가을이었던 것 같아요. 춥다거나 모기가 문 기억은 없으니까요. 방 안에는 등잔불이 불그레한 빛을 가득 채우고 있었구요. 그때 엄마가 말했어요. 과자 사다 줄까? 나는 좋다고 했

49

죠. 엄마는 곧바로 방을 나갔어요. 고무신 신는 소리가 나고, 발소리가 마당을 벗어나 점점 멀어지기 시작했지요. 방 안에 혼자 있으려니까 무서웠어요. 귀신이, 도깨비가, 호랑이가 문을 열고 들어올 것 같았어요. 무서워서 오줌을 쌀 지경이 돼서야 엄마가 왔어요. 그래 봐야 겨우 20분도 안 걸렸을 텐데요. 그 뒤로도 여러 번 그런 일이 있었어요. 그때 내가 써먹은 방법이 있어요. 엄마가 나가서 네거리 가게에 도착할 시간쯤 되면, '아, 지금 겨우 양이다리를 건너고 있을 거야, 이제 네거리에 갔겠네. 가게 문을 열고 있겠네. 과자를 고르겠네.' 하고 늑장을 부리며 혼자 상상을 하는 거예요. '아, 지금쯤 가게 문을 나설 거야.' 할 때쯤이면 마당을 들어서는 엄마 발소리를 듣게 되는 거예요. 그때 기분은 뭐라고 할 수 없이 좋았어요."

말을 마치고 나자 열 손가락에 뻥과자를 끼우고 하나씩 먹던 생각이 났다.

"어쩜, 너는 기다리기 아주 좋은 방법까지 다 터득을 했니? 나도 한번 써먹어 볼까?"

누나가 나를 지그시 안았다. 순간 가슴이 두근거리고 얼굴이 홧홧하게 달아올랐다. 제대로 숨쉬기가 곤란했다. 어떻게 해야 할지 알 수가 없었다. 엄마가 이랬다면 밀쳐 버리고 말았을 텐데, 내 몸이 아까 본 멍석 모양 구름 위에 떠 있는 것 같았다.

나무확에서 달그락거리며 그릇 씻는 소리가 멎자 어둠이 왔다. 약수터 어귀 노송 아래에서 서성이다가 사람들이 설거지를 마치자 성큼 마당까지 다가왔다. 주인집 마루 위에 걸린 남포가 빛을 내고 따따따따 졸졸졸졸 물 소리가 점점 크게 들려왔다. 머리맡에서는 베짱이가 때깍이며 울기 시작했다. 어제처럼 벚나무 둥치에서였다.

주인아저씨가 피우는 모깃불의 쑥내가 서서히 마당에 퍼져 나갔다. 여전히 엄마와 아주머니가 가장자리에 눕고 나와 누나가 가운데 누웠다. 하늘에는 은하수가 흐르고, 달은 보이지 않았다. 누워 있었지만 잠든 것은 아니었다. 별달리 할 일이 없으니까 누운 채로 별바라기를 하고 있을 뿐이었다. 그것은 누나도 마찬가지인 것 같았다. 뒤척이는 소리, 숨소리가 들렸다.

"은수, 자니?"

누나가 나직하게 물었다.

"아, 아니요."

나는 깜짝 놀라 얼떨결에 대답했다.

"다시 올 것 같지 않은 아름다운 밤이야. 이럴 때는 무슨 생각 하지?"

어느 사이엔가 엄마와 아주머니의 고른 숨소리가 들려왔다. 어쩌면 그렇게 척 눕기만 하면 잠이 들 수 있는지 신기하기만 했다. 하지만 나는 좋았다. 누나와 단둘이 깨어 있다는 것, 내 이야기를 엄마나 아주머니가 듣지 않는다는 것이 마음을 편하게 했다. 처음으로 누군가와 단둘이만 이야기할 것이 있다는,

그래야만 할 때가 있다는 것을 깨달았다. 지금이 그때였다.

"등불을 보면 뭔가가 그리워져요."

누나 카세트 녹음기에서 나오는 음악을 들으며 이렇게 말했다. 대답을 하면서도 부끄러움으로 얼굴이 붉어지는 느낌이었다. 어두우니까 누나가 내 얼굴을 볼 수 없는데도 이내 들켜 버릴 것만 같아 슬쩍 왼팔을 들어 이마 위에 올려놓았다. 그런 내 뺨을 어둠이 손을 내밀어 만져 보는 것 같았다.

"음, 그게 뭘까?"

누나가 다시 물었다.

"뭐, 특별히 보고 싶은 사람이 있는 건 아니에요. 여름이 되면 늘 마당에 멍석을 깔고 앉아서 저녁을 먹었어요. 이곳에 오기 전에두요. 그 사이에 어둠이 몰려오고 하늘 가득 별들이 불을 켜고 있지요. 하지만 그건 별로 재미가 없어요. 흐리고 비가 오지 않는 한 일년 내내 보는 거니까요. 그것보다는 가끔씩 떨어져 내리는 별똥별이 좋아요. 어느 놈은 서쪽 하늘을 막아선 산까지 닿게 떨어지기도 하니까요. 베개를 베고 누워서 그 숫자를 세기도 했어요. 그렇지만 가장 커다란 관심거리는 용문산 공군기지에서 반짝이는 불빛이었어요."

"용문산 공군기지?"

누나가 내 쪽으로 돌아누우며 물었다. 쑥내와 함께 누나 냄새가 밀려왔다.

"우리 마을에서 북쪽으로 20리쯤 떨어진 곳에 용문산이라고 있어요. 가 본 적은 없는데 은행이 여덟 가마나 달리는 은행나무도 있고, 아주 높고 경치도 좋은 산이래요. 그 산 꼭대기에 공군기지가 있어요. 낮에 보면 막 돋아나는 꾀꼬리버섯 같은 건물이 세 개 보이거든요. 눈사람 같기도 하구요. 멀어서 작은 건물들은 보이지 않아요. 그런데 밤이 되면 파란 전깃불이 켜지는 거예요. 꼭 빨랫줄에 뻗어 나가며 매달린 조롱박들처럼 기다랗게 여러 개의 등불이 보이는 거예요. 우리 집 마당에 앉아서도 잘 보이거든요. 나는 그게 신기했어요. 하늘의 별처럼 높은 곳에 있는 게 아니라 가까운 데 있는, 군인 아저씨들이 사는 곳에 밤새도록 켜져 있다는 게 말이에요. 꼭 가 보고 싶었어요. 아마 그곳에서는 우리 집도 보일 거예요. 학교도 보이고……. 책을 가지고 가서 잠들기 전까지 보았으면 좋겠어요. 우리 동네는 전기가 안 들어오거든요."

"그렇구나. 언제 누나랑 서울 우리 집에 갈까? 환한 전깃불 아래서 책도 읽고 수박도 먹게."

"정말이에요?"

나는 기쁨에 넘쳐 소리치며 누나를 보았다.

"그럼, 정말이지. 은수가 열심히 공부하면 누나가 데려갈게."

말을 마친 누나는 쿨룩쿨룩 기침을 하기 시작했다. 누나 얼굴은 또 진달래꽃처럼 붉어졌을 것이다. 나는 기침이 멎기를 기다려 얼른 말했다.

"좋아요, 누나. 내년에는 아마 엄마가 보내 줄 거예요. 우리 동네에 있는 역에서 기차 타면 돼요. 오래 전에 아버지랑 신당동 고모네 집에 갔다 온 적도 있어요."

비탈에 있는 고모네 집에서 며칠 머물게 되었을 때 가장 신났던 것은 야경을 보는 것이었다. 저녁을 먹고 마당에 나서면 반짝이던 수많은 전깃불, 별처럼 멀리 있는 게 아니라 가까이 있어서 더 재미있었다.

7

토요일이 되었다. 아침밥을 먹자마자 방에서 자던 두 집 식구들과 잣나무 아래에서 텐트를 치고 지내던 형들이 떠나갔다. 그리고 나도 집으로 갈 뻔했다.

아침밥을 먹을 때였다.

"지금도 등이 가렵니?"

엄마가 밥을 먹다 말고 물었다.

"아니, 안 가려워."

나는 거짓말을 했다. 순희 누나가 옆에 있어서 가렵다고 말하기가 창피했다.

"그러면 오늘 집에 가자."

엄마는 대수롭지 않다는 듯이 말했다. 하지만 내게는 청천벽력과 같았다.

"집에? 오늘?"

"그래. 벌써 일주일이나 됐어."

엄마는 먹던 밥을 계속 먹었다. 그러나 나는 숟가락질을 멈추었다.

"그 동안 신세 많이 졌어요."

아주머니는 엄마에게 웃으며 말했다.

"신세는요 뭐. 막둥이라 버릇이 없어서 아가씨가 놀아 주느라 힘들었을 거예요."

엄마 말에 나는 어이가 없었다. 대놓고 망신 주자는 것이 아닌가.

"전혀 아니에요. 은수 덕분에 얼마나 수월하게 나무를 했다구요. 애 아니었으면 무서워서 나무터에 가지도 못했을 거예요."

누나가 웃으며 말했다. 조금 마음이 놓였다.

"애아부지가 소여물 끓여 주구 할람 고될 텐데……. 다 나았으면 가자. 내년에 또 오고."

엄마는 밥을 다 먹은 뒤 쐐기를 박듯 말했다.

나는 한숨이 나왔다. 나무하는 거 빼고는 아무것도 하는 일 없이 놀기만 했는데, 집에 가면 그날부터 형들이 시키는 잔심부름을 해야 하고 또 지게를 지고 꼴을 베러 다녀야 한다. 마치 지금이 그때이기라도 한 듯 어깨가 무거워졌다. 또 따려고 마음먹은 잣은 어떻게 되는 건가.

등을 긁기 시작했다. 처음에는 그냥 긁기 시작했는데 몇 번 긁고 나자 정말로 가려웠다.

56

"야, 이놈아. 밥 먹다가 말고 무슨 짓이니?"

"가려운 걸 어떡해."

"안 가렵다고 했잖아."

"가려워. 가려워 미치겠어."

얼른 두 손으로 옆구리와 등을 긁기 시작했다.

"집에 가면 나을 거야. 시간이 지나면 돼."

엄마는 정말 가려는 것 같았다.

"이왕 있던 거 아예 뚝 떨궈 버리고 가요."

아주머니가 대수롭지 않은 얼굴로 말했다.

"애아부지한테 일주일만 있다가 온다고 했는데, 먹을 쌀도 없구……."

"그건 염려 말아요. 우리는 쌀이 너무 많아서 탈인데, 나눠 드릴게요. 도령이 도맡아서 나무도 해 주고 그러는데……."

"그럴 수야 있나요."

엄마는 이렇게 말했지만 망설이는 것 같았다. 나는 좀더 실감 나게 등이며 옆구리를 긁어 댔다.

"더 있다 가. 등이 가려워 미치겠어."

나는 부은 얼굴로 말했다.

"조런 쥐새끼 같은 놈이……."

엄마는 화가 나는 모양이었다. 나는 열심히 긁은 다음 천천 히 밥을 먹었다.

보란 듯 아침부터 목욕을 하고, 멍석 위에서 방학 숙제를 하다가 누나와 같이 나무를 해 가지고 왔다. 어떻게 얘기가 되었는지 엄마는 점심밥을 먹으면서도 집에 가자는 말은 하지 않았다.

5분 만에 밥을 먹어치운 나는 책을 들고 약수터 어귀로 내달렸다. 일단 엄마 눈에서 벗어나고 보자는 생각에서였다. 노송 아래 있는 통나무에 앉아 멀리 서쪽을 막아선 능선을 보았다. 산 아래 마을 집들은 희끄무레한 안개에 가려서 흐릿하게 보였다. 하늘에는 솜사탕 같은 구름들이 서서히 동쪽으로 흘러가고 있었다. 솜사탕 파는 아저씨가 막 건네준 것 같은 온전한 형태는 드물고 손으로 뜯어서 입에 가져가기 직전의 모습들이었다.

"약!"

누군가 내 두 눈을 가렸다. 비누 냄새가 나는 부드러운 손이었다.

"호랑이인가?"

나는 키득거렸다.

"너를 잡아먹어야지."

누나가 호랑이같이 굵은 목소리로 말했다.

"좋아요, 그런데 내가 잡아먹히고 나면 누나 밥해 먹을 나무는 누가 해다 주지?"

대답이 없었다. 호랑이가 그 문제에 대해 생각하는 것 같았다. 나는 살그머니 왼손을 들어 눈을 가리고 있는 누나 손을 꼬집었다.

"아야. 넌 어쩜 그러니. 나무를 가지고 호랑이를 협박하고."

58

누나는 내 어깨를 툭 친 다음 옆으로 돌아와서 내 왼쪽에 앉았다. 순간 두 눈이 부셨다. 누나가 확 달라졌기 때문이다.

청바지를 벗어 버리고 청반바지를 입었다. 여지껏 보지 못했던 샌들도 신었다. 희고 매끈한 다리가 눈이 부셨다. 윗옷도 마찬가지로 처음 보는 하늘색 티셔츠였다. 목 부분이 넓게 드러나는 거여서 갸름한 목이 돋보였다. 긴 머리는 한쪽 가슴과 등 뒤로 늘어져 있었는데, 물기가 남아 촉촉했다.

"조금 있으면 사람들 모습이 보일 거야, 그치?"

누나가 동의를 구하듯 말했다.

"글쎄."

나는 나무 토막처럼 딱딱한 목소리로 대답했다. 조금 있으면 보따리를 이거나 진 사람들이 저 아래쪽 덤불이 우거진 사잇길로 올 것이다. 지금은 그들이 모습을 드러낼 시간이다. 처음 보는 사람들도 이 약수터에 들어서면 한 식구나 마찬가지였다. 나는 당당한 그들의 선배격이었다. 그런데 누나 차림새에 자꾸 마음이 쓰였다.

"은수는 사람들 오는 게 좋지 않아?"

누나가 다시 물었다.

"글쎄."

"또 글쎄야?"

"좋은 사람도 있고 싫은 사람도 있지 뭐."

진정이었다. 사람이 오는 것을 기다리고 있지만 아무나 다

와 주기를 바라는 것은 아니었다.

"싫은 사람은 또 뭐야?"

내 눈치를 살피던 누나가 마침내 무언가를 알아차린 듯 깔깔 웃더니 슬쩍 어깨로 미는 시늉을 했다.

"왜 밀어!"

빽 소리를 질렀지만 누나는 상관하지 않고 웃기 시작했다. 그러다가 다시 어깨로 슬쩍 건드리고는 내 눈치를 살폈다. 나는 아예 옆으로 떨어져 앉았다.

"이제 은수가 가르쳐 준 방법을 써먹어 볼까?"

누나가 웃기를 그치고 슬쩍 손목시계를 보며 말했다.

"지금쯤 양덕역에 내렸을 거야. 옳아, 연착을 해서 아직 역에 도착하지 않았을지도 몰라. 완행열차는 늘 그렇거든. 아니면 역 앞 버스 정류장에서 막 버스에 오르고 있거나. 혹시 기차에 짐을 두고 내리지나 않았는지 모르겠네. 그러기만 했단 봐라, 혼을 내 주지. 버스는 제대로 움직일까? 꼭 천식 앓는 노인처럼 그르렁거리는 게, 도중에 고장이라도 나지 않았나 몰라. 내가 올 때도 타이어에 구멍이 나서 한동안 지체했는데."

"누나, 몇 시야?"

나는 까닥거리던 발을 멈추고 물었다.

"한 시 반."

나는 다시 덤불에 가려진 비탈길을 내려다보았다. 지금쯤은 버스에서 내린 사람들이 산길을 걸어 올라와 저기 덤불 모퉁이

를 돌아올 시간이다. 양덕역에서 이곳 미송리까지는 버스가 다
닌다. 엄마와 내가 넘어온 병풍 같은 산 때문에 우리 동네와 이
곳은 서로 다른 생활권에 속해 있다. 우리 동네가 평야 지대라
면 이곳은 산간 마을이다.

"지금쯤 비탈을 오르고 있을 거야. 배낭이 꽤나 무거울걸. 그
약골이 제대로 올라오려나 몰라. 보나마나 그늘에 앉아서 담배
나 피워 댈 거야. 몸에도 해로운 걸 왜 못 끊는지……. 아마 여
기까지 닿으려면 예닐곱 번은 쉬어야 할 거야. 5분에 한 번씩은
쉬겠지. 어떻게 군대는 다녀왔나 몰라. 연신 사 가지고 온 사이
다나 들이켜겠지."

"누가 오는데?"

사이다라는 말에 솔깃해 내가 물었다.

"친구가 오지, 내 친구."

누나가 옆으로 다가앉으며 대답했다.

"멋진 남자야."

누나는 말을 마치고 꿈꾸는 듯한 표정을 지었다. 예쁘게 차리
고 나왔다 했더니 그런 까닭이 있었구나. 갑자기 입 안이 깔깔
해지고 속이 메슥거렸다.

"지금쯤 중간은 왔겠지? 아냐, 가게에서 무언가 사려고 다시
내려갔을 거야. 보기보다는 꼼꼼한 성격이거든."

나는 입술을 비죽 내밀었다.

'이 더운데 누가 여길 오겠어. 보나마나 쪼다같이 생겼을 거

야. 남자 망신은 다 시키는 작자겠지 뭐. 군대에 갔다 온 사람이 누가 사이다를 마셔. 훙⋯⋯.'

멀리 미루나무가 있는 곳에 무언가 보이기 시작했다. 그저 윗가지만 슬쩍슬쩍 보였다 안 보였다 하는데 서너 명은 되는 것 같았다. 주의 깊게 살펴보자 누나도 내 눈길을 따라 마침내 그것을 보았다.

"아!"

누나는 짧게 탄성을 질렀다. 얼굴 가득 기쁨이 넘쳐나기 시작했다. 나는 기분이 더 나빠졌다.

"저기, 누가 온다!"

"⋯⋯."

"서너 명은 되는 것 같은데?"

누나는 오른손으로 내 어깨를 감싼 채 왼손을 들어 가리키며 말했다.

"더워."

나는 슬쩍 옆으로 옮겨 앉았다. 하지만 누나는 전혀 신경 쓰지 않고, 한 손으로 머리를 빗질하기도 하고 입술을 오물거리기도 했다. 묻지도 않은 어깨 먼지를 털고 두 다리를 땅에서 들어올려 맞부딪쳐 샌들에 묻은 흙을 탁탁 턴 다음, 조금 전까지 내가 하던 것처럼 다리를 까닥거렸다.

이제 어른거리던 그것은 보이지 않았다. 한참 지나면 바로 저 덤불 사이로 해서 비탈길을 올라오게 될 것이다. 폭 파인 골짜기에 들어서서 보려고 해도 볼 수 없게 되었다.

"나 어떠니?"

통나무에서 일어난 누나가 서너 걸음 앞에 서더니 빙그르르 돌았다.

"나 어때?"

누나가 다시 물었다.

"어지러워."

나는 슬며시 눈을 내리깔았다.

누나는 내가 한 말에 흡족한 듯 곁에 와서 앉았다.

"나도 어지럽다, 애. 어디 솔이 비어져 나온 곳은 없지?"

나는 여전히 까만 운동화 코에 눈길을 박은 채 고개를 끄덕였다.

드디어 두런거리는 소리가 들려왔다. 나는 고개를 들어 아래쪽 길을 보았고, 누나는 벌떡 일어났다. 덤불 사이에서 사람들 모습이 보이기 시작했다. 세 사람이었다. 사십대 아주머니 둘에 할머니. 모두 몸뻬 차림으로 머리에 보따리를 이고 있었다.

"야아!"

나는 탄성을 내질렀다.

8

얼마쯤 시간이 흘렀을 때 아까처럼 미루나무 아래 언뜻언뜻 사람들 옷이 보이기 시작했다. 이번에도 서너 사람은 되는 것 같았다. 누나 얼굴에는 다시 기쁨이 넘쳐났다. 마치 이번에는 '틀림없어. 진짜라구, 두고 보라니까.' 하는 표정이었다. 그래서인지 남자들 말소리가 들리는 것 같았다. 누나도 들었는지 내 어깨에 손을 얹었다. 행복한 표정이었다. 나는 비아냥거리듯 휘파람을 불었다. 하지만 조금 켕겼다.

카세트에서 흘러나오는 노랫소리와 함께 웃고 떠드는 남자들 목소리가 났다. 아직 모습이 보이지는 않았지만 틀림없이 누나가 기다리는 쪼다 같았다. 친구라도 두엇 데리고 오는 모양이었다.

슬그머니 휘파람 불기를 멈추고 검정 운동화 코를 내려다보았다. 무릎에 시커멓게 앉은 딱지가 창피했다. 지금이라도 펄쩍 뛰어 일어나 마당으로 가고 싶었다.

64

내가 통나무에서 일어나자 누나도 따라 일어났다. 아래쪽에 사람 모습이 드러나면 달려가기라도 할 모양이었다. 하는 수 없이 나는 그 자리에 엉거주춤 서 있었다. 그 쪼다 짐을 안 받아 주었다가는 원망을 들을 것 같았다. 그 작자와 사귀고 싶은 마음은 눈곱만큼도 없지만 누나와 척지고 싶지도 않았다.

드디어 덤불 사이로 첫 번째 청년이 모습을 드러냈다. 청바지에 흰색 티셔츠를 입고 빨간 배낭을 메고 있었다. 밀짚모자에 선글라스를 썼는데 머리가 길었다. 왼손에는 커다란 카세트를 들고 있었다. 청년은 이쪽을 보더니 손을 번쩍 들었다.

누나도 마주 보고 웃었지만 같이 손을 쳐들지는 않았다. 입가의 웃음도 어정쩡하게 변해 갔다. 비슷하긴 한데 밀짚모자와 선글라스 때문에 긴가민가한 모양이었다. 나는 서너 걸음 뒷걸음질쳐서 통나무에 엉덩이를 걸치고 앉았다.

두 번째 청년이 나타났다. 빨간색 티셔츠 차림에 똑같은 모자와 선글라스였다. 어깨에는 기타를 메고 있었는데, 햇빛이 튕겨나가고 있었다. 그 청년은 누나를 보자마자 손가락을 입에 넣더니 휘익, 소리를 냈다. 동네 형들이 멀리 떨어진 친구를 부르거나 예쁜 아가씨가 지나가면 뒤에서 희롱할 때 그러는 것처럼 했다. 둘 다 체격이 비슷했다. 여전히 누나는 웃으려다 만 어정쩡한 얼굴이었다.

세 번째 청년이 나타났다. 힘든지 고개를 숙인 채 걷고 있는데 차림새는 똑같았다. 다른 청년들보다 커다란 배낭을 메고 위에는 텐트까지 얹었다. 점잖아 보였다. 누나가 기다리는 쪼다가 저 청년이라면 조금 마음에 들 것 같다.

누나는 통나무 옆에 선 채 한 줄로 올라오는 청년들을 보고 있었다. 같은 차림새와 똑같은 밀짚모자와 선글라스 때문에 감을 잡지 못하는 것 같다. 그렇지만 가까이 다가오자 뒷걸음질 치더니 내 등 뒤에 섰다.

"여이, 아가씨. 아주 멋지군요. 나는 약수터 요정이 아닌가 착각했습니다."

카세트를 들고 온 청년이 한쪽 눈을 찡긋하며 말했다.

"녀석, 형수보고 말버릇이 어째 그러냐."

휘파람 불던 청년이 손을 들어 때리는 시늉을 했다.

"지난 주에 점을 보니까 산에서 귀인을 만난다고 했거든. 아예 너는 끼지 말아라. 조상님 욕되게 하는 거다. 봐라, 여기 종자(從者)까지 거느리고 있지 않니?"

청년은 휘파람 불던 손으로 내 어깨를 툭툭 치며 말했다.

"야, 카세트 소리 좀 줄여라. 시끄럽다고 혼나겠다."

세 번째 청년이었다. 노송 그늘에 들어서서 선글라스를 벗는데 쌍꺼풀진 눈매가 고왔다. 그러나 카세트 청년은 소리를 줄이지 않았고 휘파람 청년은 줄곧 이죽거렸다.

셋 다 통나무 둘레에 자리를 잡았다. 둘은 내 좌우에 앉고 쌍꺼풀 청년만 서 있었다. 나는 아까처럼 주인아저씨가 오나 하고 뒤를 돌아보았지만 아무도 없었다. 슬쩍 마주친 누나 얼굴은 금방이라도 울음을 터뜨릴 것 같았다.

"가자."

누나가 작고 주눅든 목소리로 말했다. 하지만 나는 그대로 앉아 있었다. 조금 전에 한 '종자'라는 말이 자존심을 건드려 놓았다. 누나를 위해서라면 무엇이라도 기꺼이 할 용의가 있지만 지금은 상황이 다르다. 아무리 나이 많은 형이라고 해도 처음 보는데 종자라니, 참을 수가 없었다. 한번 얕보이면 이곳을 떠나기 전까지 계속 기죽어 지내야 할 것 같았다.

"자, 이 형님이 분위기 있게 '로망스'를 한번 뜯어 보겠다 이거야. 거기 아우님은 카세트 소리 좀 줄이고, 어이 종자, 이젠 빠져 줘야지. 어른들 분위기 잡는 데 끼지 말고."

휘파람 청년이 내 어깨를 툭툭 치고는 기타 줄을 맞추기 시작했다.

"우리는 누구 기다리는데."

나는 밍밍한 목소리로 말했다.

"누구? 이미 왔는데 뭘 기다려. 자, 애들은 가라."

카세트 청년이었다.

"조금 있으면 외삼촌이 올 시간인데."

나는 혼잣소리처럼 다시 말했다.

"외삼촌이 뭐 하는 사람인데?"

휘파람 청년이 기타 줄을 맞추면서 물었다.

"양덕 지서 순경인데, 그치 이모?"

나는 천연덕스런 얼굴로 고개를 돌려 누나를 보았다. 눈길이 마주친 누나는 조금 웃으며 그만 가자고 했다.

"정말이니?"

기타 줄을 맞추던 손이 딱 멎었다.

"지난 주에도 왔는데, 토요일이라 자고 내일 간댔어요."

"에이, 거짓말."

카세트 청년이었는데, 목소리는 많이 주눅들어 있었다.

"기다려 보면 알아요. 가위로 그 머리부터 싹뚝싹뚝 잘라 버릴걸. 지난 주에도 어떤 형이 이모한테 찝쩍거리다가 외삼촌한테 걸려서 혼났는데, 이모는 약혼자가 있어요."

나는 잠시 말을 멈추었다가 한 수 가르쳐 주겠다는 듯 입을 열었다.

"카세트 소리 좀 줄이세요. 주인아저씨한테 걸리면 큰일나요. 오늘 아침에도 텐트 치고 지내던 형들이 쫓겨났어요. 어젯밤에 시끄럽게 굴었거든요."

내가 말을 마쳤을 때 등 뒤에서 주인아저씨가 결정타를 날렸다.

"학생들, 그거 꺼요. 시끄럽게 구는 사람은 사절이에요."

코뚜레에 꿰인 암소처럼 기가 죽은 청년들이 주인아저씨 뒤를 따라 마당으로 가고 나자 노송 아래에는 다시 평화가 왔다.

"은수야, 고맙다."

누나가 머뭇거리며 말했다.

"기다리는 친구가 저런 사람들이야?"

"……."

"멋있는데. 기타도 있고 머리도 길고, 꼭 가수 같아. 여자 꼬시는 데는 천재들인가 봐."

누나가 조금 얼굴을 붉히며 웃었다.

"우리 동네에 고등학교 다니다가 퇴학당하고 노는 형이 있는데, 아주 비슷해. 입에 손가락 넣어서 휘파람 잘 불고, 기타 뜯고, 개울에서 카세트 크게 틀어 놓고 고기 잡고."

"밀짚모자에 선글라스를 써서 잘 몰랐어."

누나가 변명하듯 말했다. 그때 떠드는 소리가 나더니 사람들 모습이 아래쪽 덤불 사잇길로 나타났다. 이번에는 저 멀리 미루나무 아래에서 아른거리는 것을 보지 못했다.

첫 번째는 쉰이 다 된 아저씨였다. 다음이 아주머니, 그 다음이 우리 둘째 형 또래의 남자, 다음이 내 또래 남자아이, 맨 마지막으로 두 살쯤 적어 보이는 여자아이였다.

나는 다가가서 짐을 받아 주어야겠다고 생각했지만 막상 그렇게 하지 못했다. 비탈길을 올라오는 그들의 얼굴은 하얬다. 서울 사람들이 틀림없다. 내 또래 남자아이는 무릎에 상처도 없이 깨끗했고 흰 운동화를 신고 있었다. 뒤에 오는 여자애도 마찬가지였다. 반팔에 반바지와 운동화 차림이었는데, 이쪽을 보고 웃는 것 같았다. 순간 나는 시커멓게 탄 팔 다리가 창피해서 고개를 푹 숙였다.

69

"어서들 오세요."

어느 결에 온 주인아저씨가 말했다.

"고맙습니다. 집에서 아침 일찍 떠났는데 이제야 오게 되었네요. 애들이 어찌나 못 걷는지, 다시 전쟁이 터지면 어떻게 피난을 갈지 모르겠어요."

아저씨 말에 뒤따라오던 식구들이 다 웃었다. 나도 웃음이 났지만 입술을 깨물며 참았다. 실없이 웃다가는 같은 또래의 남자아이며 동생뻘쯤 되는 여자아이에게 얕보일 것 같았다.

"또 오는 사람은 없나요? 기차에서 내린 사람이요."

누나가 초조한 듯 물었다.

"없을 거예요. 우리가 꼴찌였으니까."

말을 마친 아저씨는 주인아저씨를 따라서 약수터 마당 쪽으로 걸어갔다. 가족들은 줄을 흐트리지 않았다. 별로 떠들지도 않고 조용히 갔다. 하지만 뒤에 남은 여운은 컸다. 친구가 생기고 즐거운 일이 일어날 것 같은 예감이 들었다. 내 또래 남자아이는 산비둘기가 우는 나무터에 데리고 가기만 하면 저절로 기가 죽어서 강아지처럼 내 뒤를 졸졸 따라다닐 것 같았다.

"이제 가자, 누나."

부지런한 사람들이 밥을 하기 시작했을 때 우리는 통나무에서 일어났다. 그래도 미련이 남는지 누나는 비탈 아래쪽 덤불에 가려진 길을 한 번 더 살펴보다가 돌아섰다.

나는 마당으로 갔다. 누나처럼 기운도 빠지고 지쳤다. 그러나 곧 마음이 바뀌었다. 그럴 까닭이 없다는 데 생각이 미쳤기 때문이다.

'그래, 그 쪼다가 와서 좋을 게 뭐야. 또 안 왔다고 해서 안 좋을 건 어디 있고.'

겉으로는 누나처럼 속상해 죽겠다는 듯이 인상을 찌푸리고 있었지만 사실은 아주 유쾌하고 기분 좋아서 금방이라도 웃음이 터져 나올 것만 같았다.

공동 화덕으로 가자 엄마가 기다렸다는 듯 손짓해 불렀다. 옆에는 좀 전에 온 아주머니가 주춤거리며 서 있었다. 내가 얼굴을 찌푸리며 다가가자 엄마가 나직하게 말했다. 저녁 지을 나무를 주자는 거였는데, 내 눈치를 보느라 조심스러워했다. 나는 고개를 끄덕였다. 여전히 얼굴은 굳은 채였다. 나뭇단에서 얼마만큼 떼어서 아주머니의 냄비가 걸린 화덕 앞에 가져다 주었다.

"고마워."

아주머니가 웃으며 말했다. 나는 여전히 굳은 표정이었지만 아주머니 화덕에도 불을 때 주었다.

멍석 위에서 저녁도 같이 먹었다. 아주머니는 나무를 줘서 고맙다며 반찬을 조금 나누어 주었다. 마늘종장아찌와 단무지, 오이김치였다. 엄마는 누나네도 주고 해서 세 가족이 사이좋게 저녁을 먹었다. 무슨 마음이 들었는지 누나 얼굴이 조금씩 밝아졌다.

"이게 무슨 꽃이에요?"

배가 불러서 마당가를 서성이는데 다가온 여자애가 물었다. 어느 틈엔지 달맞이꽃이 활짝 피어 있었다.

"달맞이꽃인데……."

나는 조금 어색해하며 대답했다. 서울 아이들은 깍쟁이라는데, 나이는 적어도 얕잡아 보면 안 될 것 같았다.

내 또래 남자아이가 오더니 친하게 지내자며 껌을 하나 내밀었다. 내 짐작대로 중학교 일학년이었다.

"은수는 내 친구니까 이제부터는 오빠라고 불러."

기영이라는 아이가 여동생에게 말했다. 여자애는 웃기만 하고 대답은 하지 않았다. 그래도 나는 기분이 좋았다.

"근영이 형이야."

기영이는 어느 결에 옆으로 다가온 형을 소개해 주었다.

"오늘 고마웠다."

우리 둘째 형과 같은 고등학교 2학년이었다.

"달맞이꽃을 실제로 보는 건 처음이야."

기영이가 신기하다는 듯 말했다.

9

　이곳 생활은 해가 비치는 동안에 활동하고 어두워지면 잠자리에 드는 완전 원시인 같은 생활이었는데, 다른 게 있다면 옷을 입고 있으며 사냥은 나가지 않는다는 거였다. 때문에 남아도는 게 시간이었다. 주체할 수 없도록, 마치 우리 동네 기차역 한쪽에 산처럼 쌓여 있는 탄광 갱목용 통나무들처럼 많았다. 따라서 그 시간을 어떻게 보내느냐 하는 것이 큰 문제였다. 사람들은 밥해 먹기와 목욕하기, 잠자기에 최선을 다했다.

　누나와 내가 약수터 어귀 통나무에 앉아 있을 때 보따리를 인 할머니 두 분이 가까이 왔다. 나는 껑충 뛰어 일어났다.

　"마당에서 자는 아이구먼. 우리 먼저 가네. 효험 많이 보구 와."

　앞에 선 할머니가 웃으며 말했다. 다른 분은 웃기만 했다.

　"안녕히 가세요."

　내가 꾸벅 인사를 하자 두 할머니는 꼭 병 고치고 가라고 당부하고 산길을 내려갔다.

매미 소리가 조금 작아졌다. 소나기가 가랑비로 바뀌듯, 수십 마리나 되던 놈들은 지쳤는지 입을 닫아 버리고 대여섯 마리만 울어 댔다. 다 쓰르라미인데 유독 참매미가 한 마리 끼어 있었다. 그래서 더 시끄러운 것 같았다. 마루에 누워서 소나기 퍼붓는 소리를 한참 듣고 있노라면 별반 시끄럽다는 느낌이 안 들다가 그칠 무렵이 되어 후두둑거리면 비가 내리는 것을 실감하게 되는 거와 같은 경우였다.

하늘에는 가재 모양의 잿빛 구름이 하나 떠 있고 해는 왼쪽 어깨쯤에서 내려다보고 있었다. 스르르 졸음이 밀려왔다.

"어머, 이게 뭐야?"

누나가 새된 소리를 질렀다.

"이거, 이거."

내가 멍하니 쳐다보자 누나가 손가락으로 자신의 반바지를 가리켰다. 어디서 왔는지 자벌레가 열심히 길이를 재고 있었다.

"자벌레야."

조심스럽게 엄지와 검지로 자벌레를 집어서 내 반바지 위에 놓았다. 잠시 멈칫하던 놈은 다시 본연의 임무에 충실하기 시작했다. 새로운 손님의 치수를 재기 시작한 것이다.

"자벌레가 몸에 붙어서 크기를 재기 시작하면 그 사람한테 틀림없이 옷이 생긴대. 아마 누나에게도 멋진…… 옳아, 기다리는 친구가 예쁜 옷을 사 오나 보다. 사면서 걱정했을 거야. 맞을까, 안 맞을까 하면서. 그래서 이 자벌레가 재 보는 것 같아."

"정말 그럴까?"

조금 전 소리지를 때하고는 아주 딴판인 목소리였다.

"틀림없어. 벌레는 거짓말을 안 하거든."

"그럼 다시 재 보게 할까?"

누나가 내 눈치를 보며 말했다. 나는 다시 자벌레를 집어서 누나 반바지 위로 옮겨 주었다. 그렇지만 이번에는 재려 하지 않았다. 자꾸 대상을 바꾸자 짜증이 났는지 가만히 있었다. 지 쳤거나 아니면 화가 나도 단단히 난 것 같았다. 검지손가락으 로 슬쩍 건드려 보아도 내내 마찬가지였다.

나는 연한 아카시아 잎과 떡갈나무 잎을 따서 제자리로 돌아 와 놈의 옆에 놓아 주었다. 무슨 일인가 싶어 궁금해하던 누나 가 소리 없이 웃으며 고개를 끄덕였다. 자벌레가 잎을 먹기 시 작했다.

나뭇잎을 열심히 먹어 대던 자벌레가 다시 치수를 재기 시작 했을 때 아래쪽에 사람들이 나타났다. 오는 사람들은 다른 식 구들하고 달리 조용했다. 우리 엄마 나이쯤 되어 보이는 아저 씨와 아주머니인데, 아주머니가 아픈 것 같았다. 얼굴이 시커 멓고 부기가 있었다. 오늘의 첫 번째 손님이었다.

그쳐 가던 매미 소리가 다시 퍼붓기 시작했다. 첫 번째 손님 이 온 뒤로 아무도 나타나지 않았다. 누나는 조바심이 나는지 아랫입술을 잘근잘근 씹으며 아래를 내려다보았다. 나는 연거 푸 하품이 났다.

길을 가리고 있는 덤불은 잎이 축 처진 채 늘어져 있었다. 마을 쪽에서 암소 우는 소리가 꿈결처럼 들려왔다. 재미라고는 눈곱만큼도 없는 기다림의 연속이었지만 어쩔 도리가 없었다. 어서 해가 기울어지기만 바랄 뿐이었다. 그때 뒤에서 기영이와 미영이 떠드는 소리가 들렸다.

나는 쏜살같이 달려가서 목욕을 했다. 몸이 끈적거렸는데, 아주 좋았다. 정수리가 얼얼하도록 물을 맞고 양 어깨도 그렇게 했다. 마치 누군가 톡톡 두드려 주기라도 하는 것처럼 시원했다. 장난삼아 떨어져 내리는 물줄기에 고추를 대 보기도 했다.

겨우 몸의 물기만 닦고는 옷을 입고 누나가 있는 곳으로 달려갔다. 머리에서는 물방울이 뚝뚝 떨어지고 있었다.

"은수 시원하겠다."

누나가 싱긋 웃으며 말했다.

나는 쑥스러워 딴전을 피웠다. 기영이와 미영이가 웃고 있었기 때문이다. 비웃는 것 같지는 않았는데 어쩐지 창피했다. 여느 때는 누나가 내 이름을 부르면 기분이 좋았는데 지금은 아니다. 더구나 미영이가 생글거리며 쳐다보는 것이 마음에 걸렸다. 하지만 아무렇지도 않은 듯 노송 주위를 서성거렸다.

노송 왼쪽에 있는 상수리나무를 지날 때였다. 마을 쪽 비탈길 주변과는 달리 나무들이 우거져 있는데, 마침 나무 아래쪽에 난 구멍에서 사슴벌레가 기어 나오고 있었다. 우리 동네에서는 보기 드문 커다란 놈이었다. 기름을 먹인 듯 등이 새까맣고 반들거리는 사슴벌레는 주위에 누가 있든 상관 없다는 듯이 움직이고 있었다. 눈이 등잔만 해진 나는 신작로를 가다가 누군가 떨어뜨린 동전을 줍듯 엄지와 검지를 이용해서 잽싸게 붙들었다.

"사슴벌레다!"

나는 신이 나서 소리를 질렀다. 통나무에 앉아 있던 기영이와 미영이가 다가왔다.

"그게 뭐야, 오빠?"

미영이가 내 왼쪽으로 바짝 다가서며 물었다.

"어디서 잡았어?"

앞에 선 기영이가 거들었다.

"여기 상수리나무에서."

나는 사슴벌레를 쥔 손으로 상수리나무를 가리켰다.

"멋있게 생겼는데. 책에서만 보았지 실제로는 처음이야."

기영이는 누구에게랄 것 없이 말했다. 자세히 들여다보는 것이 탐나는 모양이었다. 사슴벌레는 위험에 빠졌다고 생각했는지 뾰족한 집게를 벌렸다 오므렸다 하고 있었다.

나는 사슴벌레를 쥐고 누나 앞으로 갔다.

"이놈 위로 달구지 바퀴가 지나가도 안 죽는대."

사슴벌레를 누나 앞쪽 땅바닥에 놓았다. 놈의 몸에서 햇빛이 반사되고 있었다. 새 구두처럼 반짝이는 놈은 사태가 변한 것을 어떻게 받아들여야 좋을지 모르겠다는 듯 꼼짝 않고 있었다. 여전히 기다란 집게 두 개를 치켜들고 위협하는 자세였다.

"이게 얼마나 힘이 센가 하면……."

얼른 사슴벌레를 잡은 곳으로 가서 엄지손가락만 한 돌멩이와 같은 굵기에 길이가 한 뼘쯤 되는 마른 나뭇가지를 주워 왔다.

우선 나뭇가지를 집게 사이에 넣었다. 놈은 기다렸다는 듯 오므렸고, 집게에 난 가시가 나무에 박혔다.

"와아!"

기영이와 미영이는 탄성을 질렀다.

나뭇가지를 들어올리자 놈이 딸려 올라왔다.

잠시 뒤 나뭇가지를 흔들어 겨우 떼어 내고 돌멩이를 갖다 대었다. 놈은 다시 집게를 오므렸다. 하지만 상대가 되지 않는다는 것을 알았는지 이내 집게를 벌려 돌을 놓아주었다. 내가 땅에 내려놓자 사슴벌레는 잠시 머뭇거리다가 누나가 앉아 있는 쪽으로 기어갔다.

"얘는 이렇게 기어만 다니나?"

미영이가 호기심어린 눈길로 보며 말했다. 기영이는 아무 말도 하지 않았다. 나는 속으로 비웃고 나서 놈을 붙들어 미영이에게 가까이 보여 주며 말했다.

"껍질 밑에 날개가 있어. 날고 싶으면 이 딱딱한 껍질을 열고서 날개를 펼치고 나는 거야."

"밥은 뭘 먹을까?"

미영이가 다시 물었다.

"나뭇진을 먹고 살아. 꼭 나무에 상처가 나서 진이 흐르는 곳

78

에 있거든."

"어쩜, 보기하고는 다르게 아주 순한 곤충이네. 그럼 이 집게
는 무엇에 쓰려는 걸까?"

세 번째로 미영이가 궁금증을 나타내었고 여전히 기영이는
입맛만 다실 뿐 말이 없었다.

이번에는 나도 대답이 궁했다. 나뭇진이나 빨아먹고 살면서
커다란 집게는 무엇 때문에 달고 다니는지 아무리 생각해도 알
수 없었다. 아니, 이런 생각을 해 본 적도 없었다. 역시 서울내
기는 달랐다. 그러나 지금은 뭐라고 말을 해야만 했다. 모른다
고 하기에는 자존심이 상했다. 나는 엉겁결에 둘러댔다.

"나무에 상처를 내기 위해서야. 그래야 진이 나오잖아."

내가 생각해도 그럴듯했다. 이어 아쉽다는 듯 한마디 했다.

"한 마리만 더 있으면 싸움을 시킬 수 있는데."

"싸움?"

모처럼 기영이가 입을 열었다.

"크기가 비슷한 두 놈을 맞붙여 놓으면 싸워. 우리는 그걸로
지우개 내기도 하는데."

나는 으쓱해서 말했다.

"이놈말고 불사슴벌레라고 있어. 꼭 밤 같은 색깔인데 검은
빛이 나거든. 그놈은 이것보다 몸집이 조금 작지만 집게는 더
강하게 생겼어. 훨씬 멋있지. 싸우면 꼭 그놈이 이겨."

"그럼 또 찾아봐. 혹시 있을지도 모르잖아."

나는 기영이 말에 힘을 얻어 몇 발짝 떨어진 상수리나무 아래로 가서 놈이 나왔던 구멍을 살펴보았다. 어두워서 잘 보이지 않았다. 싸리나무를 꺾어서 쑤석거린 다음 긁어 내 보았다. 아무것도 나오지 않았다. 그저 싸릿가지 끝에 나무가 썩어서 시커멓게 된 흙 같은 것이 묻어 나올 뿐이었다.

숲으로 들어서서 다른 나무들을 살폈다. 그렇지만 상수리나무 대여섯 그루를 꼼꼼히 살펴봐도 사슴벌레는 보이지 않았다. 하는 수 없이 누나가 앉아 있는 노송 아래로 돌아갔다. 기영이는 내 손에 있는 사슴벌레가 몹시 부러운 것 같았다.

아니, 틀림없다. 말은 안 했지만 그것이 금방 행동으로 나타났다. 나보다 한 발 앞서 간 기영이는 내 전용석인 누나 옆자리에 얼른 앉아 버렸다. 그 옆에 미영이가 앉고 누나가 통나무 가장자리에 앉았기 때문에 내가 앉는다면 누나와 한참이나 떨어지는 셈이었다.

"누나는 서울 어디서 왔어요? 우리는 삼선교에서 왔는데. 창경원이 아주 가까워요. 이곳에 오기 전에도 구경 갔다 왔어요. 아빠랑 케이블카도 탔는데."

기영이는 나 들으라는 듯 으스대며 말했다.

"얘는 무섭다며 안 탔어요."

"언제 무섭다고 했어. 어지럽다고 했지."

미영이가 대거리를 했다.

"나도 타 봤는데 무섭고 어지럽더라."

누나 말에 미영이는 거보라는 듯 기영이에게 혀를 쏙 내밀었다. 나는 머쓱한 표정으로 서 있을 뿐이었다. 할 말이 없었다. 세 사람은 오래 전부터 알아 온 사이처럼 잘 어울렸다. 초라한 기분이 들었다. 이곳에서는 내가 왕선배인데, 기영이는 지금부터 그것을 인정하지 않으려는 눈치였다. 약이 올랐다. 기영이가 이런 내 모습을 힐끗 보더니 다시 누나에게 말했다.

"2학기부터는 태권도 도장에 다니려고 해요. 아빠는 남자라면 건강해야 된대요."

나보다 키도 크고 몸집도 큰 기영이는 깔보는 듯한 눈빛으로 나를 보았다. 치사한 녀석이었다. 내가 잡은 사슴벌레가 부러워 일부러 그러는 것이 틀림없다. 바짝 약이 올랐다. 나하고 누나는 24시간을 같이 지내는 사이인데 감히 끼어들다니. 누나를 기영이에게 빼앗긴다는 건 절대로 있을 수 없는 일이다. 그렇다고 강제로 일으켜 세우고 대신 그 자리에 앉을 수도 없는 노릇이었다. 사슴벌레를 주면 기분이 좋아 입이 벌어지겠지만, 그러기는 싫었다. 이토록 멋진 놈을 주다니, 그것도 아부를 하기 위해서.

'좋아.'

나는 속으로 웃었다. 금방 한 가지 수가 떠올랐기 때문이다.

10

"우리 내기할까? 이기는 사람이 이놈을 갖기로 말이야."

나는 슬쩍 미끼를 던져 보았다.

"어떤 내기?"

기영이가 덥석 물었다. 눈빛이 반짝였다. 이어 제 것이라도 되는 양 내가 들고 있는 사슴벌레를 자세히 보았다.

나는 여전히 한 손으로 사슴벌레를 쥔 채 다른 손으로는 반쯤 썩어 가는 나뭇가지를 놈의 집게 사이에 넣었다. 사슴벌레는 가만히 있었다. 조금 전처럼 집게를 오므려 집지 않았다. 별거 아니군, 그저 썩은 나뭇가지일 뿐이야라는 생각으로 관심 없어 하는 것 같았다.

"할 수 있을까 몰라?"

비꼬듯이 말하고는 나뭇가지로 놈의 집게 안쪽을 톡톡 건드리기 시작했다. 그러나 사슴벌레는 지쳤는지 아니면 장난기를 눈치챘는지 조금도 움직이려 하지 않았다.

"말만 해. 내가 우리 중학교 일학년 중에서 가장 용감한데, 우리 반 반장이고."

기영이는 자신만만하게 대답했다.

"그래?"

나는 기영이의 얼굴을 똑바로 보았다. 정말 자신 있어 보였다.

시나브로 켕기기 시작했다. 괜히 얘기를 꺼내서 아까운 사슴벌레나 날리는 것 아닌가 하는 생각이 들었다. 실에 매어 두었다가 내일 또 가지고 놀고 싶었다. 내일 아침에 와서 보면 틀림없이 다른 놈이 나뭇진을 먹고 있을 것 같았다. 크기가 비슷한 사슴벌레를 잡으면 싸움시키기 딱 좋을 것이다. 보나마나 내일도 순희 누나는 그 쪼다를 기다리게 될 것 같은데, 옆에서 시간 보내기에도 그만 아닌가. 나는 곧 후회가 되었다. 겁이 나기도 했다. 하지만 엎질러진 물이었다.

"어서 말해 봐."

기영이는 재촉했다.

"좋아, 나중에 딴소리하지 마."

나는 규칙을 설명하기 시작했다. 나는 비록 부반장이지만 같은 학년인데 서울내기에게 기죽고 싶지 않았다.

"간단해. 사슴벌레 집게 사이에다 손가락을 하나 집어넣는 거야, 이 나뭇가지처럼. 그리고 열을 셀 동안 가만히 있는 거야. 손가락이 집혀도 빼면 안 돼. 울어도 지는 거야. 어때, 할 수 있겠어?"

결연한 표정으로 말했다. 그렇지만 나도 해 본 적은 한 번도 없었다. 손가락을 집어넣었다가 집으려고 하면 빼고 집으려고 하면 빼고, 여러 시간 가지고 놀아서 집게가 제대로 오므려지지 않을 때 그것을 모르는 친구들을 상대로 했을 뿐이다.

그러나 이놈은 너무 아까웠다. 하긴, 만에 하나 지게 되면 내일 숲을 다 뒤져서라도 불사슴벌레를 찾아 내어 싸움을 시켜 다시 빼앗아 오면 된다.

"나 혼자만?"

기영이가 따지듯 물었다.

"이놈은 내 거니까 갖고 싶으면 혼자 해야지."

의기양양하게 대답하자 기영이는 실망하는 표정을 지었다. 나는 속으로 웃고 다시 입을 열었다.

"너는 이런 시합이 처음일 테니까 내가 시범을 보이겠어. 잠시 이놈을 미영이 걸로 해 두는 거야. 그러면 공평해지지. 너도 없고 나도 마찬가지고. 이런 상태에서 시작하는 거야. 숫자는 미영이가 세는 걸로 해. 하나, 둘, 셋, 이렇게 열까지 세는 거야. 어때, 할 수 있겠어?"

"열을 센 뒤에도 놈이 계속 집고 있으면?"

"이놈 입 있는 곳에 침을 뱉으면 금방 풀어 줘. 침을 먹느라 더 이상 집지 않아, 어때?"

"좋아!"

기영이는 고개를 끄덕이며 대답했다.

"그러면 이리 와."

나는 순희 누나가 앉아 있는 통나무 앞쪽 흙바닥에 앉았다. 기영이가 머뭇거렸다. 바지에 흙을 묻히고 싶지 않은 눈치인데, 잡아끌듯 쳐다보자 마지못해 앉았다.

"너는 여기 앉아."

미영이를 기영이와 나 사이에 앉게 했다. 그리고 사슴벌레를 그 앞에 놓았다.

"이놈은 잠시 네 거야."

미영이는 무서운지 손 댈 엄두를 못 낸 채 보기만 했다.

"자, 이제 내가 먼저 하겠어."

천천히 사슴벌레를 집어 들었다. 두 아이의 시선이 내 얼굴에 집중되었다. 나는 태연한 척 웃으려고 했다. 그러나 뜻대로 되지 않고 얼굴이 점점 굳어졌다. 숨이 차기 시작했다. 하지만 내색할 수는 없었다. 그래서는 안 된다고 생각했다.

조금 전부터 매미 울음소리는 들리지 않았다. 아니, 매미뿐 아니라 누나가 손에 들고 있는 소형 카세트에서 나는 음악 소리도 들리지 않았다. 등허리에 땀이 흘러내렸다. 슬쩍 하늘을 보았다. 가재 구름은 사라져 버렸다. 시선을 내리다가 누나와 마주쳤다. 누나는 줄곧 나를 보고 있었던 듯 입을 열었다.

"은수야, 어쩌려고 그러니. 손가락 다친다."

"절대 그럴 일 없어요."

나는 대수롭지 않게 대답했다. 새롭게 힘이 났다. 까짓거 집혀 봤자 피만 나는 거 아닌가.

"도로 놓아줘라."

이번에는 대답하지 않았다. 대신 사슴벌레 집게 사이에 왼손 검지손가락을 집어넣었다.

"오, 세상에."

누나가 혀를 찼다.

"하나."

미영이는 숫자를 세기 시작했다.

"둘."

"셋."

"넷."

나는 우리 동네 뒷산 꼭대기에 있는 성황당을 생각했다.

'오 산신령님, 산 아래 사는 소년이옵니다. 제발 빌겠습니다. 나는 집지 않게 해 주시고 기영이가 할 때는 본때를 보여 주세요.'

시간은 멎어 있는 듯 흐르지 않았다. 체육대회 때 출발선에 서서 총 소리를 기다리고 있을 때처럼 긴장되었다. 숨이 차고 오줌이 마려웠다.

"다섯."

'그래, 조금만 더 있으면 된다.'

"여섯."

바로 그때였다. 조는 듯하던 놈이 움찔하더니 날카롭게 가시가 난 집게를 서서히 오므렸다. 가시 끝 부분이 햇빛에 반짝, 눈이 부셨다. 나도 모르게 눈을 감는 순간 손끝에서 불이 활활 타올랐다. 아궁이에 불을 때다가 아카시아나무 가시에 손가락을 찔린 것은 저리 가라였다. 형을 따라서 뒷산으로 아카시아나무 잎을 따러 갔다가 쐐기에 눈가를 쏘인 때보다 더 아팠다.

'좋아.'

이를 악물었다. 순희 누나, 미영이, 내 경쟁자인 기영이에게 얕잡히고 싶지 않았다.

"아!"

미영이는 비명을 질렀다.

"은수야!"

누나가 다급한 목소리로 내 이름을 불렀다.

눈을 뜬 나는 아무렇지도 않은 척 웃으며 "일곱" 하고 숫자를 세기 시작했다.

"여덟."

"아홉."

드디어 하나만 더 세면 되었다. 하지만 결코 그 순간은 와 줄 것 같지 않았다. 당장 돌멩이로 놈의 등을 짓이기고 싶었다. 얼른 다시 눈을 감았다.

'하나만 더 세면 되는데……'

순간 손가락에서 활활 타오르던 불이 꺼져 버렸다. 천천히 눈을 떴다. 사슴벌레는 별 볼일 없다고 생각했는지 오므렸던 집게를 벌린 채 가만히 있었다.

나는 웃으며 마지막 숫자를 세었다.

"열."

나는 미영이 앞에 사슴벌레를 놓았다.

음악이 끝났는지 여자 디제이의 매끈한 목소리가 들리기 시작했다. 미영이와 기영이는 겁에 질려 있었다. 누나는 놀란 표정이면서도 웃고 있었다.

"은수야, 괜찮니?"

"그럼요."

씩 웃어 주었다. 손가락이 쑤셔 왔다. 집게에 찔렸던 곳에서 피가 나왔다. 나는 아무렇지도 않은 척 그곳에 침을 바르고 슬몃 기영이를 건너다보았다.

말을 꺼내지는 않았다. 그저 실실 웃으며 바라볼 뿐이었다. 그러면 되었다. 지금 나는 즐기고 있는 중이었다. 상대가 고통스러워하는 것을 보고도 즐거울 수 있다는 것을, 고통을 참으면 기쁨이 온다는 것을 처음으로 알게 되었다. 이젠 자신 있었다. 늘 나를 못 이겨서 으르렁거리는 철호 놈의 기도 죽일 수 있게 되었다.

'사슴벌레를 가져가서 손가락 집어넣기 시합을 해야지.'

놈이 옆집 사는 기숙이를 찝쩍거리고 있었던 것이다. 기숙이도 그놈이 마음에 있는지 참고서도 빌려 주는 눈치였다.

"이젠 네 차례야."

순간 기영이는 움찔했다. 차마 도망은 칠 수 없고, 얼굴은 핏기를 잃어 갔다. 나는 더 이상 재촉하지 않고 기다리기로 했다. 손가락은 별반 아픈 것 같지 않았다.

"어서 시작해. 숫자는 내가 세어 줄게. 빨리 세어 주지, 까짓 것."

나는 대수롭지 않은 표정으로 말했다. 그러자 기영이가 미적거리더니 한마디 했다.

"사슴벌레를 안 갖겠어."

"왜?"

"그냥."

기영이는 내 눈길을 피해 땅을 내려다보고 있었다.

"옳아, 겁이 나서? 반장이고 제일 용감하다며? 조금 전에는 자신만만해하더니."

나는 눈에 쌍심지를 켰다.

"이건 약속 위반이야. 옆에 증인도 있어. 우리는 사나이니까 약속을 지켜야지. 어서……."

사슴벌레를 집어 기영이 앞에 놓았다. 놈은 자꾸 만지는 것에 화가 나는지 집게를 벌리더니 위협적으로 쳐들었다. 아직도 혼이 덜 났어? 이번에는 본때를 보여 주지, 하고 벼르는 것 같았다. 기영이는 사색이 되어 뒤로 물러앉았다.

"어서 해. 너는 괜찮을 거야. 한 번이면 됐지 계속 집겠어?"

나는 다가앉으며 사슴벌레를 기영이 손 가까이로 가져갔다.

"숫자를 빨리 세어 줄게."

기영이는 사슴벌레를 집지 않았다. 집기는커녕 울상을 했다. 하지만 내가 노려보자 겨우 집어 들었다.

"다음에 하면 안 될까?"

목소리가 떨렸다.

"그것도 약속 위반이지."

혹시나 하던 기영이의 얼굴이 다시 울 것처럼 변했다.

"오빠, 해 봐. 은수 오빠도 했잖아. 약속해 놓고 창피하지도 않아?"

"너는 가만 있어."

기영이는 잘 만났다는 듯 으르렁거렸다.

"피, 무서우니까. 내가 서울 가서 다 일러 줄 거야. 겁쟁이라고."

미영이가 쫑알거렸다.

"너, 그러기만 해."

"흥."

나는 콧방귀를 뀌었다.

"그거 이리 내. 정 하기 싫으면 그만이지 뭐."

손을 내밀어 사슴벌레를 도로 뺏고는 심드렁하게 말했다.

"대신 조건이 있어."

"뭔데?"

기영이 얼굴이 밝아졌다. 미영이는 뾰로통해서 일어나서는 저만치 가 있고, 기영이는 이것말고 시키는 일이라면 다 하겠 다는 표정이었다.

"별거 아냐. 목욕하러 갈 때 네가 내 수건이랑 비누를 들고 다니는 거야. 보다시피 난 손가락을 다쳤잖아."

나는 손가락을 들여다보았다. 피는 멎어 있었다.

"친구로서 당연히 해 줘야지."

기영이는 밝게 웃으며 말했다.

"좋아, 이건 너 가져. 조심해. 집히면 굉장히 아프다."

나는 선심 쓰듯 말했다.

"고마워."

사슴벌레를 집어 든 기영이는 벌떡 일어나 미영이가 걸어가 는 마당 쪽으로 뛰어갔다.

11

　기영이와 내기를 하느라 잘 몰랐는데, 기영이와 미영이가 마당으로 가고 나서 본 순희 누나 얼굴에는 실망이 가득했다. 옆에서 보기에도 안타까울 정도였다. 사선으로 비추는 햇볕에 눈이 부신 듯 고개를 숙이고 있는데 속으로 우는 것만 같았다.

　나는 혼자서만 신이 나서 논 것이 미안했다. 실은 태어나서 처음 느껴 본 고통이었지만 그것은 이미 머릿속에 남아 있지 않았다. 서울에서 온 반장 아이를 꺾었다는 사실만이 뿌듯했다.

　"친구가 바쁜가 봐. 그치, 누나."

　슬쩍 누나 곁으로 다가앉으며 말했다. 그 쪼다가 안 오는 것이 마치 나 때문인 것 같은 생각이 들었다.

　"아프지 않니?"

　누나가 내 어깨를 감싸며 물었다.

　"아니, 괜찮아."

　"정말 아프지 않아?"

표정과는 달리 정이 담긴 목소리였다.

"이까짓 거야 뭐⋯⋯."

말은 이렇게 했지만 진정으로 걱정해 주는 누나를 대하자 좀 전의 고통이 되살아나는 듯했다. 나는 사슴벌레에게 집혔던 손가락을 들고 보았다.

"세상에⋯⋯."

누나도 들여다보았다. 흐르던 피는 굳어 있었다.

"어떻게 그런 무서운 놀이를 하니?"

누나가 나를 살짝 안았다.

"다시는 그러지 마."

나는 씩 웃고 한마디 했다.

"그 대신 부하가 생겼잖아."

한참 지났을 때 멀리 미루나무가 있는 곳에서 옷자락이 언뜻 보였다. 내가 말하자 누나도 보고 있었던 듯 두 사람이라고 했다. 어른거리는 것이 틀림없는 것 같았다. 누나 목소리가 밝아졌다. 얼굴 또한 어떤 기대감으로 들뜨기 시작했다.

'그 쪼다가 그렇게 좋은가? 어디 오면 낯짝을 자세히 봐야지. 사슴벌레를 가지고 또 놀아 볼까? 보나마나 누나가 가로막고 서서 못 하게 할 거야.'

나는 손가락 아픈 것도 잊고 생각 속을 거닐었다. 하지만 별달리 좋은 방법은 떠오르지 않았다.

한참 궁리를 한 게 그 쪼다가 목욕할 때 밤송이를 하나 따서 나무 홈에 넣는다는 거였다. 그러면 아래로 떠내려가서 머리 위로 떨어지게 될 텐데, 혹시 슬쩍 비껴 서 있을 때라면 허탕 아닌가. 또 위험을 각오해야 한다. 물을 가지고 장난하다가 주인아저씨한테 걸리면 된통 혼이 난다. 아저씨는 다 좋은데 물에 관해서는 허투로 넘어가지 않았다. 형들이 장난하다가 걸려서 혼나는 것을 두어 번 보았다.

아직까지 아래쪽 덤불 사이로 난 길에는 아무도 보이지 않았다. 일부러 앉아서 쉬다 오는 게 아니라면 모습이 보여야 될 시간인데, 사람이 오며 내는 기척도 들리지 않았다. 이상한 일이었다. 여지껏 한 번도 지금 같은 적은 없었다. 여러 날 기다리다 보니까 시계로 재지 않아도 알 수 있었다. 오는 사람들도 약수터가 바로 위라는 것을 알기 때문에 결코 쉬는 일은 없었다.

"누나, 우리 내려가 볼까? 오다가 다리가 아파서 쉬는지도 모르잖아. 서울 사람들은 산길 걷기가 어려울 텐데."

선심 쓰듯 말했다.

"그럴까?"

누나는 진지한 표정이었다. 지금 오는 사람이 틀림없이 남자친구라는 확신을 가진 것 같았다.

내가 자리에서 일어나자 누나도 얼른 엉덩이를 들었다. 오늘은 더 이상 오는 사람이 없는지 멀리 보이는 미루나무 근처에는 아무것도 움직이는 것이 없었다.

덤불을 지나 휘어진 길을 돌아 내려갔을 때 저만치 두 사람이 오고 있었다. 그러나 누나가 숨이 끊어지게 기다리는 쪼다는 아니었다. 둘 다 여자였다. 할머니와 젊은 아가씨, 순희 누나 정도의 나이로 보이는데 단발머리였다. 청바지에 보랏빛 티셔츠 차림이었으며, 한쪽 다리를 절고 있었다. 키며 몸매도 누나와 비슷했다.

순간 나도 모르게 누나가 잡고 있던 팔을 뿌리치고 달려가서 다리 저는 아가씨가 멘 배낭을 벗겨 들었다. 할머니는 이렇게 고마울 데가 있나 하며 웃었다. 할머니는 큰 보따리를 이고 작은 것은 손에 들었는데, 나는 손에 든 것도 빼앗다시피 해서 들고 뒤돌아섰다. 순간 누나와 눈이 마주쳤고, 나는 아차 싶었다.

"서울에서 오셨나요?"

나는 몹시 궁금하다는 듯 할머니를 보며 물었다.

"우리는 원주서 왔어."

할머니 대신 다리를 저는 아가씨가 대답했다. 조용한 목소리였다. 목소리가 마음에 들었다.

"혹시 약수터에 오는 사람은 또 없었나요? 기차에서 내려 여기까지 오면서요."

이번에는 대답 대신 고개를 가로저었다. 이로써 답은 다 나온 셈이다. 오늘도 '꽝'이다.

나는 신이 났다. 이번 주에는 올 가망이 없다. 토요일, 일요일에 안 오면 끝 아닌가. 웃음이 나서 콧구멍이 벌름거리는 것을 간신히 참고, 짐짓 사서 고생한다는 듯한 표정을 지으며 앞

장서서 비탈길을 올랐다.

　어둠은 물 소리와 함께 왔다. 목욕터에서 따따따따 물 떨어지는 소리가, 졸졸졸졸 나무확에 물 넘쳐흐르는 소리를 시샘하듯이 크게 들려올 때면 이미 어둠은 옆에 다가와 있었다. 마당 가득 은은하게 쑥내가 풍기고 남폿불은 놈을 밀어내기에 몰두했다. 그렇지만 어둠이란 놈은 멍석이 놓인 벚나무 뒤편에서 서성거렸다. 밤새도록 그렇게 있다가 주인아저씨가 키우는 수탉이 울고 나면 슬그머니 내빼는 거였다.
　새로 온 두 가족은 방에 들었다. 마당에서는 여전히 우리와 누나네만 자게 되었다. 늘 같은 자리 배열이었다. 이제는 서로 이불이 맞닿았다. 처음에는 순희 누나와 나 사이에 멍석이 보였는데 언제부터인가 차츰 가까워지더니 아예 붙어 버렸다. 마치 한 이불을 덮은 것처럼 서로의 체온과 숨결이 전해졌다.
　"기다리느라 힘들지?"
　엄마와 아주머니가 약속이나 한 듯 고른 숨소리를 내기 시작했을 때 누나가 물었다.
　"아니, 다른 할 일도 없는데 뭐."
　"은수는 대단하더라. 그 무서운 사슴벌레 집게에 집혔으면서 울지도 않고. 하마터면 내가 다 울 뻔했다, 애."
　이쪽으로 돌아누우며 누나가 말했다.
　"애들인가, 울게."

96

일부러 따분한 목소리로 말했다.

"내일은 마을에 내려가 볼까?"

"마을은 왜?"

"그냥 심심하니까…… 혹시 전보라도 왔나 해서."

또 그 쪼다 이야기였다. 아무리 기다려도 안 오니까 혹시 무슨 소식이라도 왔나 해서 가 보려는 거다. 하긴, 어제 오늘은 주인아저씨나 욕쟁이가 마을에 내려가지 않아서 무언가 왔더라도 알 수 없었다.

"같이 가 줄 수 있지?"

누나가 다짐하듯 물었다.

"그거야 뭐……."

나는 마음이 내키지 않았다.

"나무해다 놓고, 점심 먹고 갔다 오자."

말을 마친 누나가 기침을 하기 시작했다. 쿨룩쿨룩 쿨룩쿨룩, 쿨룩쿨룩 쿨룩쿨룩…….

"그러지 뭐."

누나 기침이 멎고 숨결이 가라앉았을 때 나는 체념어린 목소리로 대답했다. 누나 대신 나무를 해 주는 것, 약수터 어귀에서 누나 남자 친구를 기다리는 것은 얼마든지 할 수 있지만 누나가 기침하는 것은 나도 어쩔 수 없다는 생각에 슬퍼졌다.

서쪽 하늘에 별똥별이 떨어졌다. 말없이 세 개까지 세던 나는 여지껏 궁금하던 것을 묻기로 했다.

"기다리는 친구, 사랑하는 사람이야?"

"그럼, 사랑하는 사이지."

누나는 자랑하듯 말했는데 내 가슴에서는 무언가 깨져 버리는 것 같았다.

"결혼두 하고?"

"약속했어, 내년에 하기로."

절망이었다.

"그런데 왜 안 와?"

"그, 그건, 그건……."

머리맡에서 베짱이가 울어 대기 시작했다. 나는 누나에게 등을 보이고 돌아누웠다. 얼마나 지났을까, 베짱이 울음소리가 희미해져 갔다.

나는 기영이에게 준 사슴벌레를 빌려 가지고 누나 애인에게 갔다. 당당하게 남자 대 남자로서 시합을 하기로 했다. 내가 이기면 그 쪼다가 곧 약수터로 오기로 하고, 쪼다가 이기면 내가 평생 누나의 종자가 되기로 했다. 내가 먼저 시작했다. 사슴벌레는 손가락을 넣자마자 기다렸다는 듯 집게를 오므렸다. 시간은 멈추어 버린 것 같았고, 나는 지지 않으려 속으로만 흐느끼기 시작했다.

12

    어제 약속한 대로 기영이에게 수건과 비누를 들려 가지고 목욕을 하러 갔다. 기영이는 조금 떨떠름한 표정이었지만 고분고분 따라왔다. 마당에서 목욕터까지 가는 동안에도, 목욕을 하면서도 나는 기영이에게 말 한마디 건네지 않고 짐짓 굳은 얼굴을 했다. 녀석의 기를 죽이는 데는 이 방법이 최고다. 목욕을 마치고 올라오다가 복숭아를 따서 주었을 뿐이다. 그러나 순희 누나에게 준 것처럼 잘 익어서 물렁물렁한 것은 주지 않았다.

    누나와 같이 동네로 내려갔다. 앞서서 걷고 있는데 뒤쪽에서 바람이 불어 오는 바람에 향긋한 냄새가 밀려왔다. 엄마와 같이 올라올 때는 그렇게도 힘이 들더니 내려가는 길은 쉬웠다. 소풍이라도 가는 것 같았다.

    강아지풀을 빼서 손에 쥐고 흔들며 암소가 풀을 뜯는 옆을 지나게 되었다. 약수터 어귀에서 보던 미루나무가 있는 곳이었다. 수풀 저쪽에서는 송아지가 덤불 사이를 돌아다니고 있었다.

우리는 잠시 서서 구경을 했다. 암소는 젖이 탱탱하게 불어 있었다. 송아지는 태어난 지 열흘쯤 되는 놈 같았다. 문득 우리 집 송아지가 생각났다. 낳은 지 서너 시간이면 부들부들 떨면서 일어나 젖을 빠는 송아지. 열흘 뒤쯤에는 놈을 따라 달리기도 했다. 그렇게 정이 든 송아지는 어느 정도 크면 팔려 나갔다. 이곳에 오기 전에도 그랬다. 아버지가 송아지를 끌고 우시장으로 갔고, 얼마 뒤 소 장수 손에 넘겨진 송아지는 집 앞 신작로를 지나가며 마당에 매어 있는 어미 소를 보고 매애매애 울어 댔다. 어미 소도 송아지를 보며 울었다. 그쪽으로 가려고 해서 줄이 팽팽하게 당겨졌다. 나도 모르게 눈물이 났다.

저쪽 풀숲에서 혼자 놀던 송아지는 어미 소가 음메에 하자 달려오더니 젖을 빨기 시작했다. 양에 차게 안 나오는지 젖꼭지를 문 주둥이로 젖통을 치받은 다음 먹기도 했다.

"은수야, 그만 가자."

누나 얼굴이 붉어졌다.

마을에 도착한 우리는 주인아저씨가 가르쳐 준 집을 찾았다. 열어 놓은 싸리문으로 들어가자 아주머니가 아이를 안고 마루에 앉아 있었다. 한쪽에는 라면땅, 건빵, 치약, 사이다 따위가 놓여 있었다. 동네 부녀회에서 운영하는 가게가 틀림없었다.

꾸벅 인사를 하고 약수터에서 편지 가지러 왔다고 하자 아주머니는 한 손으로 방문을 열고 안에 있던 것을 건네주었다. 욕쟁이 앞으로 온 거였다. 누나가 기다리는 편지나 전보는 없었다. 누나는 전보를 부탁했다.

누나가 사이다를 사 주겠다고 했지만 싫다고 했다. 자신에게 온 것이 아무것도 없다는 것을 안 순간 누나 얼굴이 눈에 띄게 어두워졌기 때문이다. 약수터로 오는 길에 누나는 헤드폰을 쓰고 카세트 버튼을 눌렀다. 이렇게 되면 나는 듣지 못하고 누나만 음악을 들을 수 있다.

틀림없이 그 쪼다 편지가 없어서였다. 힘이 하나도 없이 앞서 걷는 누나를 보며 나도 시무룩해졌다. 먹기 싫은 척했지만 사이다가 눈에 아른거렸다. 그 톡 쏘는 맛이라니……. 그런 사이다가 쪼다 때문에 날아갔다. 오기 싫으면 아예 서울에서부터 확실히 말해 줄 것이지. 슬며시 화가 났다.

"누나?"

용기를 내어 불러 보았다. 하지만 아무런 대답도 없었다. 머쓱해진 나는 조금 처져서 걸었다. 누나가 아무 말도 안 하고 걷는데 바짝 붙어서 따라간다는 게 어색했기 때문이다. 얼마쯤 지났을 때 길이 꼬부라지는 바람에 보게 된 누나 얼굴에는 햇빛을 받은 눈물방울이 반짝이고 있었다. 나도 모르게 당황했다. 이럴 줄 알았으면 아예 내려오지 않았을 것이다. 이건 틀림없이 누나가 그 쪼다에게 차인 건데 그걸 모르는지 울고 있는 누나가 마음에 들지 않았다.

누나는 약수터 길을 오르는 내내 뒤 한 번 돌아보지 않고 걷기만 했다. 나는 바짝 따라붙었다가 멀리 처졌다가 하며 걸을

101

뿐이었다. 심심하고 지겨웠다. 나무도 도맡아서 해 주는데 뒤 한 번 돌아보지 않다니 생각할수록 분했다.

'다시는 나무해 주나 봐라. 내가 없으면 무서워서 나무하러 가지도 못할걸. 겁은 많아 가지고. 그 쪼다 기다리다가 여름 다 지나갈 거라구.'

그까짓 쪼다를 뭐 하러 기다리느냐고 소리치고 싶었다. 자꾸 그렇게 울면 말도 걸지 않겠다고 엄포도 놓고 싶었다. 그렇지만 결코 입을 뗄 수는 없었다. 대신 내 마음속에 여지껏 쌓아 온 누나에 대한 모든 것들이 무너지는 소리를 들었다.

온몸이 끈적거렸다. 저녁밥을 할 시간이건만 목욕 생각이 간절했다. 약수터 어귀 비탈에 이르자 기운이 났다. 나는 누나 옆을 지나 뛰어 올라갔다. 늘 누나에게 양보하는 나지만 지금은 아니다. 얼른 가서 얼음처럼 시원한 물을 정수리가 얼얼하도록 맞고 싶었다.

비탈을 다 올라가자 통나무에 근영이 형과 기영이가 앉아 있었지만 본체만체 마당 쪽으로 뛰어갔다. 급해서 기영이에게 비누와 수건을 들려 데리고 갈 시간이 없었다. 그때였다.

"어이! 어딜 그렇게 다녀오나, 이 더운데. 좀 천천히 다녀."

나는 걸음을 멈추고 소리가 난 쪽을 보았다. 상수리나무 뒤쪽 숲에서 며칠 전에 온 세 청년이 오고 있었다. 내가 고개를 돌리고 다시 뛰어가려는데 휘파람 청년이 말했다.

"처남, 더운데 무리하면 되나. 자, 이 그늘에 와서 얘기나 하

다 가지 그래. 사내자식이 맨날 밥이나 하고 있지 말고. 이리
와서 놀다 가. 순경이라는 자네 외삼촌은 언제 오시나. 겁이 나
서 잠을 다 설치게 되네그려."

다른 두 청년이 낄낄거리며 웃어 댔다. 그들이 통나무에 걸
터앉자 근영이 형도 웃으며 옆쪽으로 비켜 앉았다. 졸지에 놀
림을 당한 나는 이러지도 저러지도 못한 채 엉거주춤 서 있었
다. 그때 누나가 올라왔다. 표정은 많이 밝아져 있었다.

"정말 약수터의 요정이 따로 없어라. 내 이 긴 머리만 아니라
면 기꺼이 종이 되어 드릴 텐데, 저 시꺼먼 꼬마가 순경이 온다
고 엄포를 놓는 바람에……."

카세트 청년이 한 손으로 머리를 빗질하는 시늉을 하자 기영
이까지 다 웃었다. 그때 이상한 일이 벌어졌다. 물론 아무런 의
미 없이 그저 우스워서 그랬겠지만, 누나가 따라 웃는 게 아닌
가. 날라리 계집애들처럼 깔깔거리지는 않았어도 그들을 쳐다
보고 이를 드러낸 채 웃은 것이다.

어이가 없었다. 자기를 희롱하고 있는 건데 좋아서 웃다니,
도저히 이해할 수가 없었다. 가슴속에서 맹렬하게 질투심이 일
었다.

휙 몸을 돌려 목욕터로 달려가서 머리가 터져 나가도록 물을
맞았다. 아무런 생각도 나지 않았다. 그저 분하기만 했다.

103

13

　저녁밥을 먹다가 굳은 표정으로 순희 누나를 흘깃 보았다. 누나는 나 같은 건 안중에도 없다는 듯한 얼굴로 숟가락질을 하고 있었다.

　좋아, 나는 엄마를 빤히 보며 말을 꺼냈다.

　"내일 집에 가요."

　"뭐야?"

　엄마는 어이가 없는지 숟가락을 든 채 멍하니 내 얼굴을 보았다. 그러기는 누나와 아주머니도 마찬가지였다.

　"내일 집에 가. 숙제도 해야 되고, 나무하기도 지겨워."

　마지막에 나는 빽 소리를 질렀다.

　"이녀석이 어디서……."

　엄마는 안절부절못했다. 이어 보기 드물게 화난 표정을 지었다. 집이었으면 당장 회초리 가져오라는 말이 나올 것 같았다.

　"여기 이렇게 긁혔잖아. 아파 죽겠어."

다리에 난 상처를 보여 주었다. 나무에 긁힌 거였는데, 나무하다가 긁힌 것이 아니라 사슴벌레 잡는다고 돌아다니다가 그렇게 된 거였다.

"그저께 가자니까 더 있자고 우긴 게 누군데."

엄마는 들고 있던 숟가락의 밥을 입으로 가져갔다.

"이젠 정말 등두 안 가렵구……."

"그리구?"

밥을 입에 문 채 엄마가 웅얼거리듯 물었다.

"숙제해야 된단 말야. 어려워서 시간이 한참 걸리는 거야."

"집에서 올 때 다 가져왔다고 했잖아."

"아냐. 그건 빼놓고 안 가져왔어."

숙제를 강조하자 엄마 얼굴이 조금 풀어졌다.

"은수가 가면 우리 나무는 누가 해 주니."

누나가 밥을 먹다 말고 말했다.

"흥, 나무야 뭐 날라리 같은 작자들과 하면 되지."

나는 일부러 콧소리를 크게 냈다. 엄마가 다시 험악한 얼굴을 했다.

"내일 아침밥 먹고 바로 가."

나는 딱 잘라 말하고는 계속해서 밥을 먹었다.

집 생각을 하자 동무들이 보고 싶었다. 지금쯤 녀석들은 학교 뒤 개울에서 한창 견지낚시로 피라미도 잡고 어항도 놓을 것이다. 사이사이 수영도 하고. 물안경을 쓰고 잠수해서 작살로 메기 잡는 생각을 하자 정말로 집에 가고 싶어졌다. 여기서는 하루에도 몇 번씩 목욕을 한다지만 그저 떨어지는 물을 맞으며 서 있는 게 고작 아닌가. 모래가 깔린 개울에서 물장구치는 것에 비하면 재미라고는 하나도 없는 거였다.

"그러면 진작 말하지 않고 왜 저녁밥 먹으면서 퉁퉁지경을 내. 비상금으루 쌀하고 반찬두 사 놨는데. 이 아주머니가 그냥 주기도 했구⋯⋯."

"도로 물러."

"무르긴 어떻게 도로 물러. 방에 든 할머니가 내일 간다길래 거져다시피 샀는데."

드디어 밥을 다 먹고는 탁 소리가 나게 숟가락을 놓고 일어나다가 누나를 보았다. 누나도 나를 쳐다보았다.

"네가 없으면 어떻게 지내니."

"흥, 근영이 형도 있고 잣나무 숲에 기타 치는 멋쟁이들도 있잖아요. 아까 보니까 친한 것 같던데 뭐."

나는 도로 멍석 위에 앉았다. 갈 때 가더라도 이 부분은 짚고 넘어가고 싶었다.

"사람들이 아무리 많아도 도령처럼 도와주겠어?"

아주머니가 말했다. 나는 아무 말도 하지 않고 가만히 있었다. 누나하고야 그렇다 쳐도 아주머니는 아무 상관이 없었다. 그때 나도 모르게 손이 등으로 갔다.

"가렵지 않다는 놈이 등은 왜 긁어!"

엄마가 야단치듯 말했다.

아차 했다. 사실 등은 이곳에 오기 전이나 지금이나 마찬가지로 가려웠다.

"내일 집에 가."

다짐하듯 말하고 자리에서 일어나 노송 아래로 걸어갔다. 등 뒤에서, 쟤가 왜 저러니? 하는 아주머니 말소리가 들렸다.

엄마와 함께 넘어온 산 너머로 막 해가 진 뒤였다. 우리 동네 전체가 불이라도 난 것처럼 그 위에 있는 구름이 빨갛게 타올랐다.

'드디어 내일 집에 간다.'

통나무에 앉은 나는 굳은 얼굴로 노을을 바라보았다.

"그래, 가자."

이곳에서 업신여김을 당하느니 집에 가는 게 백 배 낫다.

"은수야, 초콜릿 먹어."

어느새 누나가 옆에 와서 앉았다. 나는 대꾸하지 않았다.

"자, 이거……."

누나는 내 손에 초콜릿을 쥐여 주었다.

"싫어요."

나는 눈이 번쩍 뜨였지만 손을 털어 버리고 벌떡 일어났다.

"은수야, 왜 그러니. 내가 뭐 잘못했어?"

"몰라요!"

빽 소리를 질렀다. 조금 전까지도 괜찮았는데 누나가 다정스레 말을 건네자 눈물이 핑 돌았다.

"왜 그래, 응?"

"날라리 같은 작자들하고나 놀아요."

기어이 내 눈에서는 눈물이 떨어졌다.

"은수야."

누나는 놀란 것 같았다.

"내일 집에 갈 거야."

손등으로 눈물을 훔치며 홱 돌아서서 마당 쪽으로 걸어갔다.

"은수야, 은수야."

누나가 다급하게 내 이름을 부르며 따라왔다.

두 눈에서는 끊임없이 눈물이 흘러내렸다. 연신 손등으로 닦아 내도 이내 또 흘렀다. 길이 뿌옇게 보였다.

마당 가까이 가자 멍석 위에 앉아 있는 엄마와 아주머니 모습이 어룽거렸다. 등 뒤에서는 누나가 따라오고, 누군가 수건을 들고 목욕터로 내려가는 게 보였다. 마땅히 갈 곳이 없었다. 눈물이 나고 분한 가운데서도 창피한 생각이 들었다. 눈물을 가리기에는 어둠이 너무 멀리 있었다. 집 뒤 화장실 쪽으로 갔다. 더 이상 누나는 따라오지 않았다. 나는 문을 걸고 쪼그려 앉아서 엉엉 울고 말았다.

오늘 밤 나는 처음으로 주인집 마루 위에 걸린 남폿불이 밝다는 생각을 했다. 조팝나무 꽃처럼 핀 은하수도 마찬가지였다.

은은하게 마당을 감싸는 쑥 향기도 어둠의 농도를 엷게 하는 것 같았다.

멍석 위에 앉은 나는 졸리고 심심한 척 멍석 골을 손가락으로 문지르기 시작했다. 하지만 정반대였다. 잠은 오지 않고 가슴만 두근거렸다. 나는 슬그머니 모로 누웠다. 늘 엄마가 누워 자는 자리였는데, 잣나무 숲에 텐트를 치고 지내는 청년들의 기타 소리가 나직하게 들려왔다. 조금 안심이 되었다. 등 뒤에 엄마와 아주머니, 누나가 있었다.

"용한 한의사한테 진맥을 해 보니까 우리 은수한테 풍이 있다는 거예요. 체질이 그렇다지 뭐예요. 그래서 닭고기, 돼지고기는 일절 안 멕여요. 그러니 뭐 촌에서 어디……."

내 피부병 얘기였다.

"병원에는 가 보셨어요?"

아주머니가 쯧쯧 혀를 찼다.

"어딜요, 마음은 굴뚝같은데 돈이 있어야지요. 농사져서 그저 입에 풀칠하기 바쁘니 뭐. 송곳으로 벌고 나발로 쓰는 셈이라니까요."

"약국에두 안 가 보시구요?"

"왜요, 가 봤지만 헛수고였어요. 몇 가지 권하는 걸 써 봤는데 그때 잠깐뿐이더라구요. 그래서 아예 포기하구 있는데…… 우리 동네에 군인 가족이 이사를 왔어요. 재하구 동갑내기가 있는 집인데, 피엑스에서 나왔다는 약을 주는 거예요. 검붉은

물약인데, 그걸 바르니까 다음날 바로 안 가렵다구 하데요. 재가 한번 긁기 시작하면 등에서 피가 나도록 긁어 대는데 그 약을 바르니까 좁쌀처럼 돋은 게 다 없어지지 뭐예요. 하도 고마워서 참깨를 한 말 주었지요. 그런데 딱 두 달이 지나니까 다시 가렵다는 거예요."

한참 뒤에 엄마가 내 궁둥이를 툭 치며 말했다.

"일어나, 자게."

여느 때 같으면 짜증을 냈을 텐데 고분고분 일어났다.

나는 누나와 거리를 두고 이불을 덮었다. 여느 때는 잘 닫힌 커튼처럼 꼭 닿아 있었는데, 멍석이 한 뼘은 되게 보였다. 은하수가 무슨 큰일이라도 난 듯 반짝이며 내려다보는 것 같았다. 남폿불은 이 새로운 사실을 하나도 빠짐없이 지켜보겠다는 듯 눈을 더 크게 뜨고 우리를 바라보았다.

누나 쪽으로 닿는 이불을 내 몸 아래로 집어넣어 사이를 띄웠다. 나는 반듯하게 누워서 이마 위에 왼팔을 올려놓았다. 얼굴 표정을 감출 수 있게 되어서 좋았다. 마음 같아서는 엄마 쪽으로 돌아눕고 싶은데, 지금까지 그쪽으로 누워 있어서 어깨가 결렸다. 다른 날 같았으면 누나 쪽으로 누워 있을 텐데, 하는 수 없이 반듯하게 누운 채 이마에 왼팔을 얹는 것으로 그쳐야 했다.

잠은 오지 않았다. 남폿불은 점점 더 밝아지는 것 같았다. 문득 나는 석유가 다 졸아들어서 어서 불이 꺼졌으면 하는 생각을 했다. 그렇지만 이곳에 온 이래 그런 일은 한 번도 일어나지 않았다. 아침마다 주인아저씨가 남포 등피를 비눗물로 깨끗이 닦고 기름통에 석유를 가득 채웠기 때문이다. 간밤의 피로를 말끔히 푼 남포는 말간 얼굴로 쉬다가 땅거미가 마당가를 서성일 때면 환하게 빛을 내곤 했다.

꼴깍, 내 목에서 침 넘어가는 소리가 유난히 크게 났다. 틀림없이 누나 귀에도 들렸을 것 같다. 누나도 잠든 것 같지 않았다. 간간이 몸을 뒤척이고 나직하게 숨소리를 냈다. 다시금 낮에 있던 일이 생각났다.

'흥, 잘해 보라지. 나는 내일 갈 거야.'

마음이 가벼워졌다. 체해서 답답했던 가슴이 쑥 내려가는 기분이었다. 이마에 얹었던 왼팔을 치웠다. 이제는 자신 있었다. 감고 있던 눈을 살그머니 떠 보았다. 순간 마당의 어둠을 몰아내고 있던 남폿불이 윙크를 보내는 듯 살짝 흔들렸다. 내 속마음을 비추어 보고 비웃는 건지, 아니면 잘했다고 칭찬을 하는 건지 알 수 없었다.

누나가 몸을 뒤척여 내 쪽으로 돌아누웠다. 누나 쪽으로 돌아누워서 누나의 냄새를 맡으며 이야기하고 싶었지만 가만히 있었다. 이불 사이를 뜨게 한 것이 마음에 걸렸다. 이쪽으로 돌아누운 이상 보았을 텐데…… 후회가 되었다. 몸을 뒤척이는 척하며 슬쩍 다시 펴서 맞대어 놓을까 하는 생각도 했다. 실수였다는 듯이 아주 자연스럽게. 하지만 그건 너무 속이 들여다

보였다. 별들도 눈치채지 못하게 나는 살그머니 눈을 감았다.

잠은 오지 않고 정신은 더욱 또렷해졌다. 아무것도 보이지 않았지만 보는 것과 다름없었다. 잠들지 않은 누나의 숨소리가 들리고, 남폿불 가에서 날아다니던 풍뎅이가 몸이 뒤집힌 채 마루에 떨어져서 요란한 소리를 내며 몸을 바로잡으려 애쓰고 있었다. 놈은 자주 그렇게 되어서 고생을 하곤 했다. 보나마나 헛되이 버둥거리고 있으리라. 이번엔 좀 측은한 생각이 들었다. 날갯짓 소리만 요란할 뿐 좀체 몸을 뒤집지 못하는 것 같았다. 벌떡 일어나서 달려가 도와주고 싶을 정도였다.

"은수 자니?"

나는 깜짝 놀라서 소리를 지를 뻔했다. 아무 말 없던 누나가 갑자기 나를 부른 것이다. 어젯밤과 같은 나직한 목소리였다. 가만히 있었다. 낮에 수작부리던 청년들에게 웃어 주던 일이 다시금 떠올랐다. 나는 참을 수 없는 모욕을 받았는데 누나는 그들을 보고 웃었다.

"정말 자는 거야?"

대답 대신 자고 있다는 듯 숨소리를 고르게 냈다. 그러나 누나는 믿지 않는 것 같았다. 보나마나 나를 보고 있을 터였다. 지금이라도 대답할까? 하지만 선뜻 입이 떨어지지 않았다. 아니라는 말만 하면 되는데 그게 안 되었다. 내 귀에 째깍이는 시계 소리가 들렸다.

5초.

6초.

7초.

……

20초가 지났다. 이제는 대답할 수도 없게 되었다.

이마가 간지럽기 시작했다. 처음에는 그저 이가 기어가는 정도이더니 점점 심해졌다. 다시 왼손을 척 얹어 놓으면 시원할 것 같은데, 손가락으로 쓱 긁기만 해도 될 것 같은데 아무것도 할 수 없어서 괴로웠다. 그저 이마에 주름을 잡으며 가려운 증상이 없어지기만 바랄 뿐이었다.

가려운데도 긁을 수가 없자 미칠 지경이었다. 엄마 쪽으로 돌아누우며 슬쩍 손을 갖다 댔으면 좋겠는데 자연스러울 것 같지 않아서 그것도 못 했다.

"은수야. 낮엔 미안했어. 내가 사과할게. 잘 자."

조금 뒤 누나가 이렇게 말하고 돌아누웠다.

기차가 지나간 뒤 내려졌던 차단기가 올라가듯 나는 소리 없이 손을 이마로 가져갔다. 긁을 필요도 없이 바로 가려움증이 사라져 버렸다. 온몸에 끈적하게 땀이 배어 나왔다. 소리나지 않게 숨을 내쉬었다. 풍뎅이 헤매는 소리가 다시 들리고 느리게만 가던 시간이 정상으로 흘러가기 시작했다.

살그머니 누나 쪽으로 돌아누웠다. 한 뼘의 멍석 맨바닥이 운동장처럼 넓어 보였다. 따라서 누나는 아득히 먼 곳에 있는 것처럼 생각되었다. 돌아누운 누나의 머릿결을 보자 조금 슬퍼졌다. 스스로 만든 거리이건만 누나가 나를 떼어 놓으려 한 것 같은 기분이 들었다.

속으로 누나, 하고 불러 보았다. 이런 마음이 전해져서 다시 이쪽으로 돌아누워 나를 보아 주길 바랐다. 그러면 나는 눈도 감지 않고 먼저 누나, 하고 부르리라 결심했다. 이불 밖으로 손도 내어 놓았다. 또 속으로 누나, 하고 불러 보았다. 누나는 곧 이쪽으로 돌아누우리라. 하지만 곧 나직이 고르게 들려오기 시작하는 숨소리를 듣게 되었다.

"누나."

이번에는 입 밖으로 소리내어 불러 보았다. 어깨에 슬쩍 손가락을 대 보기도 했지만 누나는 깨어나지 않았다.

14

아침에 제일 먼저 일어난 나는 노송 아래로 가서 상수리나무에 눈길을 주었다. 특별하게 기대한 것은 아니었다. 그저 생각 났으니까 들여다본 것일 뿐 마음은 온통 누나 생각으로 안절부절못했다. 그런데 사슴벌레란 놈이 떡 버티고 있었다. 그것도 기영이에게 준 것보다 더 크고 멋지게 생긴 놈이었다.

사슴벌레는 아침 산책이라도 나섰는지 느긋하게 기어가고 있었다. 그것도 구멍 쪽으로가 아니라 나무 위쪽으로 오르고 있었다. 쪼그리고 앉아서 놈을 바라보았다. 상수리나무에 파인 구멍은 내 무릎 높이에 있었는데 바로 그 위에 있던 사슴벌레가 목께를 지나갔다. 아주 천천히, 아예 나를 무시하는 듯한 몸놀림이었다. 잘 닦인 구두처럼 반들거리는 날카로운 집게 두 개를 여유 있게 치켜들고서 움직였다.

이렇게 크고 멋진 놈을 발견하기는 처음이지만 신이 나지 않았다. 놈은 나를 보고도 도망치지 않았다. 네가 지금 날 잡을 기분이 나겠느냐? 하고 마치 속을 들여다본 것처럼 느긋해하는 것 같았다.

왼손 집게손가락으로 슬쩍 사슴벌레의 등을 건드려 보았다. 손가락 끝에 신선한 감각이 전해져 왔다. 놈은 잠시 멈칫했지만 다시 산책을 했다. 달라진 점이라면 조금 속도가 빨라진 것이라고나 할까?

사슴벌레는 이제 내 눈높이까지 올라갔다. 나는 무릎을 펴고 일어났다. 늘 하던 대로 통나무에 걸터앉아 마을을 내려다보았다. 아침 짓는 연기가 가늘게 피어오르고 있었다.

통나무에서 펄쩍 뛰어 일어나서 맨손체조를 했다. 아주 신중하게, 마치 시험이라도 치르는 것처럼 정성을 들였다. 마음속으로는 사슴벌레가 어서 안 보이는 곳으로 사라져 주길 바랐다. 속도를 빨리해서 손이 닿지 못하는 곳까지 기어 올라가면 차라리 편할 것 같았다. 하지만 갖고 싶기도 했다. 누나가 기다리는 쪼다가 혹시 온다면 사나이 대 사나이로서 기영이와 했던 내기를 다시 해 보고 싶었다. 틀림없이 이길 자신이 있었다. 또 잘 두었다가 집으로 가져가서 철호 놈과 내기를 해야만 했다. 감히 기숙이한테 찝쩍대다니⋯⋯. 나는 도저히 참을 수가 없어 상수리나무로 가서 얼굴 높이에서 기어 올라가고 있는 놈을 기어이 붙들고 말았다.

"안녕, 어제는 일찍 자데."

사슴벌레를 든 채 쭈뼛거리며 마당으로 걸어가자 누나가 먼저 말을 걸었다.

"참 크죠."

나는 과장된 몸짓으로 왼손에 쥐고 있던 사슴벌레를 보여 주었다. 누나는 신기하다는 듯한 얼굴을 했다. 이로써 잠에서 깨고부터 지금까지 걱정하던 문제가 깨끗하게 해결되었다. 아침부터 내 마음을 무겁게 짓눌렀던 것은 어떻게 누나를 보느냐는 거였다. 아무 일 없었다는 듯이 여느 아침처럼 대할 수 없을 것 같았다. 인사를 하면 누나가 비웃거나 아무 말도 하지 않을 뿐더러, 혹 말을 하더라도 어젯밤 이야기를 할 것 같았다. 자지도 않으면서 내가 건네는 말에 대답도 안 하더라. 그럴 수 있니? 하고 눈을 흘길 것만 같아서 조마조마했다. 따지자면 할 말이 없는 것은 아니지만 왠지 나만 커다란 잘못을 저지른 것 같아서 기가 죽어 있었던 것이다.

나는 놈을 마당에 놓은 다음 날 듯이 뛰어서 이불 보따리를 주인집 마루 귀퉁이에 갖다 두고 화덕 있는 곳으로 갔다. 한 손에 사슴벌레를 쥔 채 화덕에 불을 땠다. 혹시 엄마가 화난 얼굴로 어서 아침밥 해 먹고 집에 가자고 할까 봐 걱정했는데, 엄마는 아무 일 없었다는 듯한 모습이었다.

"와, 멋지다."

기영이가 보고 감탄했다.

"내 것은 잃어버렸어. 땅에 구덩이를 파고 넣은 다음에 커다란 돌로 눌러 놓았는데, 조금 전에 일어나 보니까 없어졌어."

순간 나는 어이가 없어서 멍하니 기영이 얼굴만 보다가 말았다. 녀석은 몹시 부러워했고 나는 으쓱해졌다. 하도 침을 흘리는 것 같아 만져 보게는 했지만 준다는 말은 절대로 하지 않았다. 이건 집으로 가져가야 했다. 나무에 뚫린 구멍을 찾아 내서 안에 넣은 다음 돌멩이로 막아 놓으면 안전하다.

"어디서 잡았니?"

한 손으로 사슴벌레를 쥔 채 화덕에 나무를 집어 넣는데, 막 쌀을 안친 냄비를 옆 화덕에 걸며 누나가 물었다.

"지난번 그 상수리나무에서."

불을 때다 말고 왼손에 쥐고 있던 놈을 누나에게 보여 주었다. 누나가 얼굴을 가까이 해서 보자 놈은 집게를 벌리고 위협했다. 화덕에 앉은 차례는 어제 저녁과 같았는데, 불을 때던 기영이와 미영이가 다시 와서 구경했다.

"얘가 생긴 것은 이래도 아주 착해. 절대로 남을 해치지 않아."

누나는 화덕에 불을 때기 시작했다.

"그렇구나. 나는 또 닥치는 대로 잡아먹는 줄 알았지."

미영이가 재잘거렸다.

"겉보기랑은 아주 달라."

"오빠, 정말 집으로 가져갈 거야?"

나는 고개를 끄덕이고는 다시 쪼그려 앉아서 불을 땠다. 한눈 파는 사이에 불이 꺼져 가고 있었다. 마당가 벚나무 가지에서는 일찌감치 아침 식사를 마친 매미가 울어 대고 있었다.

"은수야, 그 사슴벌레 살려 줘라."

냄비에서 밥물이 끓기 시작할 때 누나가 말했다.

"집에 가져갈 건데?"

"여기서 자유롭게 살게 놓아줘. 또 손가락 집혀서 피 나지 말고."

"……."

"내년에 와서 또 보면 되잖아. 네가 가져가 봐야 죽이기밖에 더하겠어?"

"그래, 오빠. 순한 곤충인데 불쌍하잖아."

미영이도 거들었다. 하지만 나는 대답하지 않았다. 여전히 왼손으로 놈을 쥐고서 이제는 뜸이 드느라 짜작짜작 소리를 내고 있는 냄비의 불을 조절했다.

"사슴벌레 살려 주면 내가 사이다 사 주지."

누나는 내 귀에 대고 속삭이듯 말했다.

"또 사이다야?"

"낮에 주인아저씨가 마을에 내려갈 때 사다 달라고 부탁할게."

"다시 기영이 손에 잡히면."

우선 이렇게 말했다. 이토록 멋진 놈을 살려 주라니……. 아마도 누나는 내 계획을 눈치챘는지도 모른다.

"그건 염려하지 마. 쟤는 겁이 많아서 누가 붙들어 주기 전에는 만지지도 못할 거야."

누나가 나만 듣게 속삭이고는 다시 큰 소리로 말했다.

"은수가 사슴벌레 살려 준단다."

"잘 생각했어, 오빠. 어서 숲 속에 던지고 와."

미영이도 맞장구쳤다.

이제는 어쩔 도리가 없었다. 누나 말을 안 들었다가는 톡톡히 망신을 당할 것 같았다. 나는 마지못해 일어나서 조금 외진 곰바위 쪽으로 걸어갔다. 적당한 곳에다 감추어 두고 와서 버렸다고 할 셈이었다.

'좋아, 나는 누나를 지켜 주는 사슴벌레가 될 거야. 이놈처럼 강하고 멋진 사슴벌레. 누나 속썩이는 사람이 있으면 꽉 집어 줘야지.'

곰바위 오른쪽으로 내려가니 부엽토가 스펀지처럼 폭신폭신했다. 귀신이 아니고서는 절대로 찾을 수 없는 위치였다. 조금 더 가자 아래쪽에 손바닥만 한 구멍이 나 있는 커다란 떡갈나무가 보였다. 별로 깊지 않은 구멍 속은 축축하게 젖어 있었다. 근처에 있는 돌멩이를 주워서 구멍을 막아 보니까 꼭 맞았다. 나는 얼른 사슴벌레를 안에 집어넣고 돌멩이로 막았다.

점심 먹고 한 시간쯤 지나서 누나와 같이 목욕터로 갔다. 예상대로 아무도 없었다. 기영이에게 비누와 수건을 들려서 같이 갈까 하다가 그만두었다. 녀석이 누나와 가까워지는 게 싫었다. 나는 이 약수터의 모든 것을 꿰고 있기 때문에 늘 여유가 있었다. 그래 봐야 나무하기와 밥하기, 목욕하기였지만 새로

120

온 사람들에 비해서 느긋했다. 특히 목욕터는 한 군데밖에 없기 때문에 조금이라도 시간을 잘못 맞추면 다른 사람들이 목욕하는 동안 기다리거나, 또 목욕 중이더라도 양에 차게 못 하고 떠밀리다시피 옷을 입어야 했다.

누나가 먼저 했다. 나는 개복숭아나무를 흔들어서 떨어지는 놈을 주워 들고 박달나무 아래 평퍼짐한 바위에 걸터앉았다. 손에 들고 있던 것을 옆에 놓고 티셔츠 앞자락에 복숭아를 쓱쓱 닦은 다음 먹기 시작했다. 순간 물 떨어지는 소리가 바뀌었다. 누나가 물을 맞고 있음이 틀림없다.

개복숭아를 먹다 말고 슬그머니 눈을 감았다. 가슴이 두근거리고 얼굴이 홧홧하게 달아올랐다. 올 봄 장터에 천막을 둘러친 가설 극장에서 본 여자 모습이 아른거렸다. 외국 영화였는데, 안개가 피어오르는 개울에서 어떤 젊은 여자가 혼자 목욕을 하는 장면이었다.

"휴우."

나도 모르게 한숨이 나왔다. 순간 옆에 놓았던 개복숭아 하나가 굴러 떨어졌다. 그놈은 길을 따라서 아래로 계속 굴러 내려가다가 커다란 바위 옆에 멈추었다. 그냥 버리기는 아까웠다.

망설이던 나는 바위에서 일어났다. 천천히 걸어 내려가면서도 자꾸 뒤를 돌아보았다. 아무도 오는 사람은 없었다. 커다란 바위 옆에 멈추어 있는 개복숭아를 집어 들었다. 그러나 이미 온 신경은 떨어지는 물 소리에 가 있었다. 누나가 어떤 모습으로 물을 맞고 있는지 보고 싶어 참을 수가 없었다. 가슴이 몹시 쿵쿵거리고 누군가가 이놈아! 소리를 지를 것만 같았다. 하지만 어느새 나는 커다란 바위에 착 붙은 채 고개를 내밀어 물을 맞고 있는 누나를 보고 있었다.

누나는 내 쪽으로 등을 돌린 채 물을 맞고 있었는데, 어깨에 떨어지는 물이 흘러내려 엉덩이 아래쪽에서 흰 포말을 이루고 있었다. 숨이 콱 막히는 것만 같았다. 나도 모르게 두 눈을 감았다 떴다. 누나는 내내 그렇게 서 있었다.

이윽고 누나가 몸을 돌리자 옆모습이 보였다. 누나의 봉긋한 왼쪽 가슴 위로 물이 마구 흘러내렸다. 내 가슴은 점점 거칠게 뛰어 마침내 터져 버릴 것만 같았다. 누나가 몸을 움직여 이쪽으로 향했다. 나는 얼른 뒤로 물러났다.

"헉!"

등에 무엇인가 닿는 느낌에 소스라치게 놀랐다. 얼른 손으로 입을 막았다. 쌍꺼풀 청년이 앞에 서 있었다.

"저기 앉아 있는데 복숭아가 이리 굴러와서……."

묻지도 않는 말을 더듬거리며 중얼거렸다. 그 사이 허둥거리며 늘 걸터앉아서 복숭아를 먹던 곳까지 갔다. 쌍꺼풀 청년도 뒤따라왔다.

"여기 앉아서 복숭아를 먹는데 굴러 내려가서……."

손에 쥐고 있던 개복숭아를 바위 위에 있던 다른 것들 옆에 놓았다.

"으응, 그랬구나."

쌍꺼풀 청년은 대수롭지 않게 말했다. 그러나 바위에 앉지는 않았다.

"아무도 없는 줄 알았지. 걱정하지 마."

쌍꺼풀 청년은 등을 돌리고 마당 쪽으로 걸어 올라갔다.

"휴우."

나는 나직하게 한숨을 쉬었다.

"저 말이야."

서너 걸음 걷던 청년이 뒤돌아서서 나를 보았다.

"예, 예?"

"오늘 밤에 캠프파이어를 하기로 했거든."

"……."

"거창한 건 아니고, 친목 도모 차원에서 서로 얘기도 하고 노래도 부르는 자리를 만들기로 했어."

"주인아저씨한테 혼나는데."

나는 눈길을 땅으로 떨어뜨린 채 말했다.

"아까 얘기해서 허락받았어. 심심하니까 모여서 얘기하는 수준이야. 밤에 이모랑 같이 와. 어머니도 모시고 오고."

말을 마친 청년은 다시 마당 쪽으로 올라갔다. 손에는 비누와 수건이 들려 있었다.

나는 멍하기만 했다. 아무 생각 없이 개복숭아를 입에 넣었지만 아무런 맛도 느낄 수 없었다. 이런 상태는 목욕을 마친 누나가 올라와서 나를 지켜 주는 가운데 꿈꾸듯이 목욕을 한 다음, 약수터 어귀 통나무에 가서 앉을 때까지 계속되었다. 여전히 경쟁이라도 하듯 매미들이 울어 대는 한낮이었다.

"무슨 생각 하니?"

누나가 이상하다는 표정으로 이렇게 물었을 때에야 제정신으로 돌아왔다.

"아, 아냐. 아무것도."

깜짝 놀라 얼른 둘러댔다. 얼굴이 불에 데기라도 한 것처럼 화끈거렸다. 누나의 뽀얀 가슴과 쌍꺼풀 청년의 얼굴이 겹쳐 떠올랐다. 얼른 고개를 숙이고 누나가 눈치채지 못하게 한숨을 쉬었다.

"뭐 고민되는 거 있어?"

누나가 내 어깨에 손을 얹은 채 얼굴을 들여다보며 물었다. 나는 얼른 눈을 감아 버렸다. 누나는 목욕터에서 내가 훔쳐본 사실을 알고 있는 것 같았다. 너 아주 나쁜 아이로구나. 어쩜 그런 짓을 할 수가 있니. 너희 엄마한테 이야기해서 혼을 내 줄 테야. 이렇게 말할 것만 같아 마음이 조마조마했다.

"왜 그래?"

누나가 다시 물었다. 이젠 더 이상 가만히 있을 수도 없게 되었다.

"숙제가 밀려서……. 집에서 안 가져 왔거든."

"그렇구나. 나 때문에…… 어떡하지?"

누나는 미안하다는 듯 내 어깨를 한 팔로 안았다. 나는 가만히 있었다. 아까 목욕하던 장면이 떠올랐다. 누나는 내가 훔쳐보았다는 사실을 모르는 것 같았다. 다행이었다.

"사이다 언제 사 줄 거야?"

"어머, 미안해. 오늘은 주인아저씨가 마을에 갈 일이 없대. 우리 같이 내려가서 사이다 사 먹고 올까?"

누나가 내 눈치를 보며 말했다.

"싫어."

나는 부러 큰 소리로 거절했다.

매미 우는 소리가 약수터 어귀에 가득 차기 시작했다. 그 소리에 밀리기라도 하듯 우리는 입을 다물어 버렸다. 누나는 기린처럼 목을 빼고 마을 쪽을 보고, 나는 다시 걱정에 빠졌다. 쌍꺼풀 청년이 눈앞에 떠올랐다. 어쩌면 청년은 내 행동을 처음부터 다 봤는지도 모른다. 바로 지척이었으니까. 만약 그렇다면 지금쯤 그 청년은 같이 온 친구들에게 내 이야기를 했을 것이고, 어쩌면 주인아저씨나 욕쟁이 귀에까지 들어갔을지도 모른다. 물론 근영이 형이나 기영이도 알게 될 테고……

가슴이 울렁거려 견디기 힘들었다. 다시 한 번 오늘 아침에 집에 가는 것이 옳았다는 생각이 들었다. 곧 마당에서 미영이가 와서 나를 부를 것이고, 나는 엄마에게 끌려가 종아리를 맞게 될 것이다. 옆에서는 아주머니가 혀를 차며 서 있고……

누가 이럴 줄 알았겠어요. 저 밤톨 같은 놈이…… 촌아이들

125

이 더 못됐다니까.

사람들이 모여들어 구경을 하고, 엄마 손에 들려 있는 회초리는 사정없이 내 종아리를 향해 날아든다. 기영이가 비웃고, 세 청년들은 낄낄거리고, 누군가는 엄마에게 더 아프게 때리라고 할 것이다.

이번 기회에 그 못된 버릇도 뚝 떨궈 버리고 가요. 더 세게 때려요. 여기 싸릿가지 있어요.

이럴 바엔 차라리 콱 죽는 게 나을 것 같다. 곰바위에서 아래로 뛰어내리면 죽을지도 모른다. 아니면 욕쟁이가 싸리버섯 따오는 곳 근처 비탈 바위에 올라가서 아래로 뛰어내리든가. 그곳이라면 틀림없이 죽을 것 같다. 바닥에 바위가 깔려 있으니까. 그곳에 떨어져서 내가 죽어 가는 상상을 하자 더 눈물이 났다. 나는 고개를 푹 숙였다.

한참을 있어도 나를 부르는 사람은 아무도 없었다. 기영이가 상수리나무를 뒤지고 있다가 실망한 얼굴로 걸어왔다.

"잡았니?"

"아니."

기영이는 시무룩해서 말했다. 조금 마음이 놓였다. 쌍꺼풀 청년은 아무에게도 내가 한 짓을 말하지 않은 것 같았다.

'역시 다른 청년들과는 차원이 달라.'

나는 안도의 한숨을 내쉬었다. 이어 쌍꺼풀 청년은 내가 한 거짓말을 믿는지도 모르겠다는 생각이 들었다.

다시 한참 시간이 지났고, 오늘 밤에 누나를 그곳에 데리고 가기만 하면 문제는 깨끗이 해결되리라는 생각까지 들었다. 내키지는 않았지만 다른 방도가 없었다. 또 어떻게 캠프파이어를 하는지 궁금하기도 했다. 마음 한켠에서는 그치들에게 계속 밀리지만 말고 당당히 맞서 보자는 생각도 들었다. 그러나 누나가 안 가겠다고 하면 어떻게 하나 고민하고 있는데 그 문제도 간단하게 풀렸다. 근영이 형이 와서 밤에 캠프파이어를 한다며 구경 가자고 하자 누나가 반색을 했던 것이다.

"그거 재밌겠다. 은수야, 우리도 구경 가자."

누나가 내 눈치를 보며 말했다.

나는 웃음이 터져 나오려는 것을 간신히 참고 짐짓 내키지 않는다는 표정을 지으며 고개를 끄덕였다. 그러고는 펄쩍 뛰어 일어나서 기영이에게 말했다.

"사슴벌레 잡아 줄게."

15

캠프파이어 장소는 잣나무 숲이었다. 잣나무를 두어 그루쯤 잘라 내기라도 한 듯 빈 공간이 있는데 그곳에 불을 피웠다. 사람들은 벌써 모닥불을 가운데 두고 빙 둘러앉아 군데군데 놓여 있는 라면땅과 건빵을 안주삼아 막걸리를 마시고 있었다.

역시 마당과는 분위기가 달랐다. 알싸한 쑥향이 가득한 마당이 정적이라면 이곳은 동적이었다. 음악이 있고, 일렁이는 불꽃이 있고, 사람들의 웃음소리가 있었다. 누나는 근영이 형과 무슨 말인가를 하고 있었다. 나는 가슴에 두 무릎을 모아 그러안고 앉아서 타오르는 불꽃을 바라보았다. 바람이 불지 않아서 연기가 곧장 하늘로 올라가고 있었다. 그 연기를 따라 눈길을 주던 나는 동그란 공간으로 보이는 하늘 가득 은하수가 펼쳐져 있는 것을 보았다. 그 느낌도 마당 멍석 위에서 잠들기 전까지 올려다보던 것과는 사뭇 달랐다.

나는 아니라고 몇 번이나 나 자신을 향해 고개를 저으면서도 여전히 그 생각에 빠지게 되었다. 다름 아닌 청년들이 바로 이 자리에서 나를 망신 주려는 것은 아닌가 하는 생각이었다. 쌍꺼풀 청년은 아니겠지만 혹시 모르는 일 아닌가. 그 청년이 카세트 청년이나 휘파람 청년에게 말했다면 그들은 틀림없이 모든 사람들에게 그 사실을 공개할 것이다. 가뜩이나 나를 못살게 굴지 못해서 심심해하던 차에 아주 잘 된 일이 아닌가. 조금 있으면 틀림없이 그 이야기를 꺼낼 것 같았다. 얼굴이 화끈거리고 가슴이 거칠게 뛰었다. 쥐도 새도 모르게 숨어 버리고 싶은 심정이었다.

하지만 이런 생각은 쓸데없는 걱정에 지나지 않았다. 막걸리를 마시며 이런저런 이야기를 하던 아저씨 아주머니들이 가고 나서도 청년들은 내 이야기를 꺼내지 않았다.

나는 마음이 편안해져서 양반 자세로 느긋하게 앉아 타오르는 불꽃을 보기 시작했다.

"어이, 빡빡머리! 한잔 마실래?"

카세트 청년이 주전자를 든 채 말했다.

"……."

"참, 너는 중학생이니까 라면땅이나 먹어라."

청년의 말에 사람들이 와, 웃었다.

"한잔 줘요."

나는 옆에 있는 잔을 들었다.

"어쭈, 제법인데!"

129

나는 카세트 청년이 호기심어린 얼굴로 따라 준 막걸리를 단숨에 쭉 들이켰다. 이까짓 것쯤은 아무것도 아니다. 작년 가을 타작마당에서는 단번에 두 대접을 마신 적도 있다. 누나가 보고 빙긋 웃었다.

"모닥불 피워 놓고 마주 앉아서……."

휘파람 청년이 '모닥불'이란 노래를 시작하자 모두들 따라 불렀다.

"인생은 연기 속에 재를 남기고 말없이 사라지는 모닥불 같은 것……."

제대로 의미도 모르면서 나도 따라 했다. 그러다가 우연히 눈길이 누나 얼굴에 머물게 되었다. 누나도 노래를 부르고 있었다. 그 예쁜 입술을 벌려서 노래를 부르는데 결코 즐거운 표정이 아니었다.

"어이, 소년."

노래가 끝나자 휘파람 청년이 나를 가리켰다.

"형님 누나들 잔이 비면 술을 따라 드리도록 해. 대신 자네도 알아서 마시고."

사람들이 와 하고 웃었다.

다시 노래가 시작되었다. 나는 주전자를 들고 다니면서 빈 잔마다 막걸리를 따라 주었다.

"노래가 너무 차분하게 나가도 분위기 썰렁하니까 이번에는 신나는 노래를 부르겠습니다. 다 아시죠, 해변으로 가요. 이 노

래를 약수터로 와요라고 바꾸어 부르기로 하겠습니다. 전주 나
갑니다. 하나, 둘, 셋, 넷. 별이 쏟아지는 약수터로 와요. 약수
터로 와요. 젊음이 넘치는 약수터로 와요. 약수터로 와요. 나는
나는 사랑에 넘칠 거예요. 불타는 그 입술……."

모두들 웃으며 휘파람 청년의 반주에 맞추어서 노래를 불렀
다. 어느 사이엔가 모두들 박수를 치고 있었다. 나도 신이 났
다. 누나 얼굴도 밝아졌다. 지금 생각하니까 휘파람 청년도 그
리 나쁜 사람 같지는 않다.

"여기 막걸리 한 잔."

"이쪽도."

노래가 끝나자 여기저기서 나를 불렀다. 나는 내미는 잔마다
주전자를 기울여 술을 따라 주었다.

"자, 이제부터는 각자 돌아가면서 자기 소개를 하고 노래 한
곡씩 부르기로 하겠습니다."

휘파람 청년이 목소리를 높여 말했다.

"그럼 우리부터 먼저 하겠습니다. 우리는 군대에서 제대하고
2학기에 복학할 사람들입니다."

휘파람 청년은 그렇게 말했지만 내 눈에는 그렇게 보이지 않
았다.

"당신을 첨 본 순간 난 정말 아찔했어요. 어디서 본 듯한 얼
굴……."

휘파람 청년은 노래를 부르면서 순희 누나를 향해 눈을 찡긋

131

했다. 누나는 가만히 있었는데, 나는 기분이 나빠졌다. 그러나 내색하지 않고 여기저기 막걸리를 따라 주고는 건빵이며 라면땅을 집어 먹었다.

며칠 전에 와서 텐트에서 자는 진짜 대학생 형들이 팝송을 부르고, 다리를 저는 아가씨는 타자 학원 선생이라고 말한 뒤 노래를 부르기 시작했다.

"음― 어디로 갔을까. 길 잃은 나그네. 음― 어디로 갈까요. 님 찾는 하얀 나비……."

막걸리 주전자를 든 채 서 있던 나는 괜히 슬퍼졌다. 문득 어딘가로 떠나고 싶고 누군가가 몹시 그리워졌다. 하지만 그 대상이 옆집 기숙이는 아니었다. 순희 누나라면? 그래, 누나라면 좋을 것 같다. 그러나 누나에게는 쪼다가 있지 않은가. 가슴이 답답했다. 내 자리로 돌아와서 두 무릎을 그러안은 채 타오르는 불꽃을 바라보다가 내 잔에다 막걸리를 한 잔 따라 마셨다.

"드디어 기다리고 기다리던 우리의 호프, 약수터 요정께서 한 곡 부르시겠습니다. 잠시 마음의 준비를 하는 사이, 제가 다시 한 번 줄을 고르겠습니다."

나는 누나를 힐끗 보았다. 누나는 나를 보고 활짝 웃었다. 앞에 놓여 있는 술잔이 반쯤 줄어 있었다.

"자, 이제 됐습니다. 본인 소개와 곡목을 말씀해 주세요."

"저는 양순희구요, 약혼자가 있어요. 노래는 어니언스의 '편지'를 부를게요."

청년들이 우, 소리를 질렀다.

"역시 약수터 요정이라 다르군요. 전주 나갑니다."

휘파람 청년이 기타를 치기 시작했다. 대학 복학생이 아니라 악사 같았다. 보통 실력이 아니었다.

"말없이 건네주고 달아난 차가운 손. 가슴속 울려 주는 눈물 젖은 편지. 하얀 종이 위에 곱게 써 내려간……."

누나는 타오르는 불꽃을 보며 노래를 부르는데 속으로 울고 있는 것 같았다. 그 모습을 보자 눈물이 나려 했다. 그러나 아무것도 할 게 없었다. 그저 가만히 노래를 듣고 있을 뿐.

1절이 끝나고 간주가 나가는 사이 누나는 잔에 남아 있는 막걸리를 마저 마셨다. 나는 머뭇거리다가 주전자를 기울여 누나 잔에 술을 따랐다. 누나는 2절을 마저 부르고 잔을 들어 막걸리를 마셨다. 사람들은 웃으며 박수를 쳤지만 나는 누나가 걱정되었다. 자리에서 벌떡 일어났다. 그런 내게 누나가 손을 내밀었다.

16

우리는 마당을 향해 걸었다. 나는 당당하게 걸었다. 아무도 누나를 넘볼 수 없다는 것을 이 순간 모든 사람들에게 확실하게 보여 주고 싶었다. 멍석 가까이 가니 엄마와 아주머니는 벌써 잠들어 있었다.

"좀 걷지 않을래?"

누나가 손전등을 비추며 말했다.

"어딜 가려구?"

"좀 걷자. 답답해서······."

누나는 마당 아래쪽으로 발걸음을 옮겼다. 나는 이미 손은 놓았지만 끈으로 이어지기라도 한 듯 따라갔다. 마당 가장자리에는 달맞이꽃이 가득 피어 있었다. 누나가 이곳에 온 다음날 우리는 이 꽃 향기를 맡았다. 누나는 달콤한 향기가 난다며 참 예쁘다고 했다. 그때 나는 누나한테서도 이런 향기가 난다고 말하고 싶었지만 여지껏 하지 못했다. 나는 달맞이꽃 줄기를 꺾어 들었다.

약수터 어귀 노송이 있는 길로 접어들었다. 목욕터에서 따따 따따 물 떨어지는 소리가 훨씬 크게 들렸다. 슬몃 뒤를 돌아보니 주인집 마루 위의 남폿불이 불그레한 빛으로 감싸고 있는 마당이 낯설게 보였다. 어두워진 뒤에는 이렇게 멀리까지 와 본 적이 없다. 하지만 모깃불이 연기를 피워 올리고 있는 마당을 보는 것도 신기했다. 마치 나를 또다른 내가 보는 것 같았다.

"느낌이 색다르네."

"그럼. 한 곳에만 계속 머물러 있으면 자기 자신을 제대로 알수가 없어. 가끔은 멀리 떨어져서 보기도 해야지."

나는 고개를 끄덕였다.

"어디까지 갈 건데?"

누나가 들고 있는 전등에서 나온 빛이 땅에 동그랗게 원을 그리고 있었다.

"노송 아래까지. 왜, 무섭니?"

"아니, 이까짓 게 무섭긴."

얼른 앞질러 걸어갔다. 낮에 몇 시간씩 누나와 같이 앉아서 쪼다를 기다리며 놀던 곳이 아닌가. 눈을 감고도 어디 무엇이 있는지 알 수 있다. 단지 밤에 와 본 적이 없다는 것뿐이다. 어둠이 눈에 익자 길이 희미하게 보이기 시작했다. 달은 없지만 조팝나무 꽃처럼 피어난 은하수 덕분에 어느 정도는 보였다.

통나무에 걸터앉아 마을 쪽으로 눈길을 주었다. 그저 버릇이 되어 그렇게 했던 것인데, 불빛이 하나 보였다.

"불빛이다."

반가웠다. 저녁을 먹고 마당 멍석에 앉아서 보던 용문산 꼭대기의 공군기지 불빛만큼이나 정겨웠다. 서쪽을 막아선 산 때문에 보이지 않아서 서운했는데 마을의 등불 하나가 마음을 들뜨게 했다.

"정말 그렇구나. 밤에도 이곳은 멋지구나."

곁에 와서 앉은 누나가 전등불을 껐다.

"누나, 이거⋯⋯."

나는 손에 들고 있던 달맞이꽃을 내밀었다.

"달맞이꽃이네."

누나는 얼굴 가까이 대고 킁킁 냄새를 맡았다.

"정말 향긋해."

"누나한테서도 그런 향기가 나."

나는 엉겁결에 이 말을 했다. 얼굴이 화끈 달아올랐다.

"언젠가는 꼭 말하고 싶었어. 누나는 달맞이꽃처럼 예쁘고 언제나 은은한 향기가 나. 나란히 누워서 잠을 잘 때면 달맞이꽃이 변해서 누나가 된 것 같은 착각이 들곤 했어."

"고맙다, 그렇게 생각해 주니."

"누나는 이 달맞이꽃에 얽힌 전설 알아?"

"전설? 몰라. 뭔데?"

누나가 무척 궁금하다는 듯이 물었다. 나는 언젠가 막내이모한테서 얼핏 들은 이야기를 아주 잘 아는 양 꾸며서 하기 시작했다.

"옛날 인디언 마을에 한 처녀가 살았대. 처녀는 옆집 총각과 사랑에 빠져 행복한 나날을 보냈고. 그런데 그 마을에는 남자가 여자를 선택해서 결혼하는 풍습이 있었어. 지위가 높은 사람부터 우선권이 있는 거야. 그런데 처녀가 너무 아름다워서 추장 아들이 먼저 선택했대. 옆집 총각은 지위가 낮아서 아무 권리가 없었고. 낙심한 처녀와 총각은 도망을 갔는데 추장이 잡아서 동굴에 가두어 버렸대. 처녀는 이쪽 동굴, 총각은 저쪽 동굴. 서로 볼 수는 없고 겨우 목소리만 들을 수 있었대."

"슬픈 이야기구나."

누나가 한숨을 쉬었다.

"2년이 지난 어느 날, 화가 풀린 추장이 그 동굴로 가 보게 되었대. 처녀는 이미 죽어서 동굴 주변에 밤마다 피는 달맞이꽃으로 변한 뒤였지. 총각은 살아남았고. 하지만 처녀가 죽은 건 몰랐대. 밤이면 힘내라고 처녀가 속삭이는 소리를 들었기 때문이었는데, 풀려나서 그런 사실을 안 총각은 꽃 옆에 앉아서 지내게 되었대. 아무것도 먹지 않고 밤이면 꽃과 속삭이며 지내게 된 거야. 얼마 뒤에 총각이 죽었는데 하느님이 두 사람의 사랑을 갸륵하게 여겨서 총각을 달님으로 만들어 주었대."

"은수는 이야기를 정말 잘하는구나. 참 재밌네."

누나가 내 어깨를 두드려 주었다.

137

"그래서 달맞이꽃 꽃말이 '말없는 사랑', '기다림'이야."

"그렇구나. 나는 몰랐는걸."

누나가 다시 꽃을 가까이 해서 살며시 향기를 맡았다.

"사랑하는 사람들은 아무리 멀리 떨어져 있어도 서로 달맞이꽃 향기를 맡게 된대."

"나도 달맞이꽃 향기가 나면 은수를 생각할게."

누나 말에 나도 모르게 손이 등으로 갔다.

"어때, 가려운 건 다 나았어?"

"잘 모르겠어."

솔직하게 대답했다. 하지만 곧 후회가 되어 얼른 고쳐 말했다.

"전보다 훨씬 덜 가려워. 내년 여름 방학 때도 와야지."

"그거 좋은 생각이다."

누나도 가볍게 맞장구를 쳤다.

"누나는 얼마나 있을 거야?"

"글쎄, 아예 여기서 살까?"

나는 입을 삐죽 내밀었다. 날마다 쪼다를 기다리면서 이곳에서 살다니. 아마 낮이었으면 누나는 이런 내 모습을 보았을 것이다. 하지만 어두워서 아무것도 전해지지 않았다. 그러나 한편으로는 누나가 이곳에 계속 머물러서 내년 여름에도 만나게 되었으면 좋겠다는 생각이 들었다.

내가 이런 말을 하자 누나가 웃으며 받았다.

"내년에도 꼭 만나자. 혹시 은수가 훌쩍 커서 못 알아보는 건

아닐까 모르겠네."

"내년 여름에 또 올 거야?"

"그럼, 은수 보러 와야지. 그때도 나무해 줄 거야?"

"물론이지."

큰 소리로 대답했다. 하지만 이내 쪼다가 떠올랐다.

"하지만……."

"하지만 뭐?"

'내년 여름에는 절대 쪼다는 안 기다려. 지겨워 죽겠어.'라는
말이 목구멍으로 나오려는 것을 간신히 눌렀다.

"전등 좀 빌려 줘."

말머리를 돌리고는 누나가 뭐라고 할 틈도 없이 손전등을 낚
아채다시피 해서 곧바로 사슴벌레를 잡던 곳으로 갔다.

그럼 그렇지. 상수리나무 구멍 가까이에 사슴벌레 세 마리가
기어다니고 있었다. 한 가족 같았다. 두 마리는 작아서 만져 보
기만 하고 제일 큰 놈을 붙들었다.

"사슴벌레 잡았어."

누나가 앉아 있는 통나무로 다가가서 쥐고 있는 사슴벌레에
전등불을 비추었다.

"은수는 사슴벌레를 좋아하는구나."

"그럼. 집에 가져가야지."

"놓아주지 그러니."

나는 대답하지 않았다. 이 멋진 놈을 놓아주라니…….

139

"누나는 사슴벌레가 무서워?"

"아니."

"나는 좋아. 얼마나 강한데. 자신을 튼튼한 집게로 무장하고 살잖아. 하지만 누구를 해치지는 않고……."

"그러니까 놓아줘."

"나는 사슴벌레처럼 강한 사나이가 될 거야."

서너 잔 마신 막걸리 탓인지 내 입에서는 이런 말이 불쑥 튀어나왔다.

"사슴벌레는 절대로 남을 해치지 않아. 하지만 얕잡아 보게끔 하지도 않지."

"강한 남자가 되는 건 좋은데 사슴벌레는 살려 줘라. 식물이든 동물이든 뭐든 다 제 터전이 있는 법이야. 제자리에 있는 것이 가장 자연스럽고 행복한 거야."

나는 대답하지 않았다. 여지껏 나는 그쪽에 대해서는 별달리 생각이 없었던 것이다.

"은수야, 사슴벌레가 그렇게 좋으니?"

"그럼, 좋고말고지."

"그렇다면 살려 줬다가 내년에 와서 또 가지고 놀면 되잖아."

"……."

"네가 제대로 이해할지 모르지만, 진정으로 사슴벌레가 좋다면, 사슴벌레가 자유롭게 살게 해 주어야 하는 거야."

"집에 가져가서 먹이 주고 기르면 되지."

"그러면 가족과 떨어지게 되잖아. 은수처럼 엄마 아빠 사슴벌레가 있을 거잖아. 아니면 새끼 사슴벌레가 있을지도 모르고."

"……"

"사람 사이도 마찬가지야. 누구를 좋아하거나 사랑한다면 구속하거나 소유하려고 하면 안 돼. 자유롭게 해 주어야 하는 거야. 그게 진정한 사랑이야."

"아니야. 사랑은 피 흘려 얻는 거라고 했어."

언젠가 형들에게서 들은 말을 나도 모르게 했다. 누나로 하여금 이야기 상대가 안 된다는 생각을 갖게 하고 싶지 않았기 때문이다.

'내가 왜 기영이랑 사슴벌레 집게에 손가락 집어넣기 내기를 했는 줄 알아? 누나를 그놈한테 빼앗기지 않기 위해서였어. 또 날라리 같은 세 청년들한테서 누나를 지키기 위해 내가 얼마나 투쟁하는지 알아? 사랑이란 쟁취하는 거야. 기숙이처럼 언제든 보고 싶을 때 보고 만나고 싶을 때 만나는……. 집에 가면 꼭 철호 놈과 내기를 할 거야. 또 엄청나게 아프겠지만, 나는 할 수 있어.'

눈물이 나려 했다. 철호 놈을 꺾고 나면 기숙이는 그냥 친구로만 생각할 것이다. 누나가 내 마음에 있으니까.

"은수야."

누나가 나지막이 불렀지만 나는 여전히 대답하지 않았다. 그런 내 어깨를 누나가 한 팔로 안아 주었다. 우리는 한참 동안 말없이 그렇게 있었다. 몇 번인가 소쩍새가 울다 그쳤다.

"누나가 은수한테 카세트 선물할까?"

정신이 번쩍 났지만 잠자코 있었다.

"내일 줄게."

"……?"

"그 사슴벌레 얼른 제자리에 놓고 와."

"알았어, 까짓것."

나는 손전등을 비추며 걸어가서 사슴벌레를 잡았던 곳에다 놓아주고 왔다.

"정말 카세트 주는 거야?"

"정말이지."

"그럼 약속해."

"좋아."

나는 누나와 새끼손가락을 걸었다. 카세트가 생기다니…….
내 몸이 구름 위로 붕 뜨는 것 같았다.

"누나가 서울에 가서 엽서 보낼게. 우리가 가끔 밤에 듣는 방송 있지?"

"응."

"그곳에 은수를 위해서 엽서 띄울게."

"나도 그럴게."

마치 누나와 대등한 관계가 되기라도 한 것처럼 의젓하게 말했다.

"은수야."

"응, 누나."

"사람은 자기가 한 약속은 꼭 지켜야 해. 다시는 사슴벌레 잡지 마."

"알았어."

대답은 했지만 아침에 곰바위 아래 나무 구멍 속에 감추어 둔 사슴벌레가 생각나서 뜨끔했다. 하지만 그냥 있기는 좀 뭐했다. 누나에게 대거리를 하고 싶었다.

"누나 남자 친구는 언제 와?"

"글쎄."

누나는 길게 한숨을 쉬었다. 괜히 물었다 싶었다.

"나랑 기다리느라 지루하지?"

"아니."

"어쩌면……."

"……."

"오지 않을지도 몰라."

나는 입이 벌어졌다. 오지 않다니. 그렇다면 왜 날마다 목이 빠지게 기다리고 있단 말인가. 그러나 왜 그러느냐고 묻기도 뭣했다.

"내가 폐가 나쁘잖니."

"……."

"우리는 직장에서 만났어. 지금은 내가 몸이 아파서 쉬는 중이지만…… 내년에는 결혼하기로 했어. 이곳으로 오기 전에 그이에게 내 병에 대해 사실대로 다 말했어. 그랬더니 휴가 때 오겠다고 했는데……."

내 어깨에 누나 손이 닿았다. 따뜻한 체온이 전해져 왔다. 누나는 우는 것 같았다.

"그런데?"

나도 모르게 목소리가 크게 나갔다. 그런 작자를 기다리다니. 나는 화가 나서 지금 그 쪼다가 옆에 있다면 침이라도 뱉어주고 싶을 정도였다.

"나도 몰라. 뭐가 뭔지 모르겠어."

누나는 마침내 눈물을 떨어뜨렸다.

"그런 쪼다는 잊어버려."

꽥 소리를 질렀다. 때문에 쪼다라는 말이 입 밖으로 튀어나왔는데도 그닥 놀라지 않았다.

"조금 전에 누나는 자기가 한 약속은 지켜야 한다고 했잖아. 온다고 했으면 와야지."

"약속하진 않았어. 그냥 온다고 했지."

"그 말이나 그 말이나."

"사정이 있겠지."

누나도 나처럼 조금 취한 것 같았다. 목소리가 가늘어졌다.

"사정은 무슨 사정."

몸이 부르르 떨렸다. 그런 작자를 여태 기다리다니…….

144

"너무 욕하지 마. 분명히 무슨 사정이 있을 거야."

"누나는 아직도 그 쪼다를 사랑해?"

"그래."

누나가 가늘게 말했다.

"제발 정신 좀 차려, 누나. 쪼다는 안 와. 다른 여자랑 바닷가로 피서 갔을 거야."

너무했다는 생각이 들었지만 그렇다고 주워 담고 싶지도 않았다. 나는 두 주먹을 그러쥐었다.

"힘내, 누나. 그깟 쪼다는 잊어버리고."

누나가 너무 가여워서 나도 모르게 누나를 힘껏 껴안았다.

"그래, 고맙다. 하지만 이제 쪼다라는 말은 하지 마."

"……."

"용서하는 것도 사랑이야. 너도 언젠가는 알게 될 거야."

내 오른쪽 뺨에 누나 뺨이 닿았다. 순간 얼굴이 뜨거워지고 아찔해서 마을 불빛이 잠깐 보이지 않았다.

'좋아, 얼른 커서 누나랑 결혼할 거야. 까짓거 아홉 살 차이쯤이야. 딱 5년 뒤 내가 고등학교만 졸업하면 돼.'

17

수런거리는 소리에 잠에서 깨어났다. 새들이 지저귀고 부지런한 매미가 한 마리쯤 목청을 가다듬는, 파르스름한 안개가 약수터 마당가를 에워싸고 있는 그런 아침이 아니라 어제 저녁과 같은 밤이었다. 마당가에 피워 놓은 모깃불에서 알싸한 쑥 내가 나고 마루 위에 걸린 남폿불은 여전히 눈을 크게 뜨고 있었다. 나는 다시 눈을 감았다. 일어나기에는 너무 이른 시각이었다.

순희 누나가 발작이라도 하듯 기침을 해댔다. 나는 깜짝 놀라 눈을 떴다. 별들이 근심스러운 빛으로 내려다보고 있었다. 북두칠성 위치가 바뀌었다.

"이런, 웬일이니. 좋아지는 것 같더니."

아주머니는 수건을 누나 입에다 대 주었다. 나는 벌떡 일어났지만 정신이 하나도 없었다. 새벽이 가까워지는 시간 같았다. 아주머니가 누나 입에 댄 수건을 떼자 피가 묻어 나왔다.

146

어두웠지만 눈에 익은 하얀 수건이어서 검은 얼룩이 피라는 것을 금방 알 수 있었다.

"누워 있어라. 더운 물을 좀 끓여야겠다."

기침이 멎자 아주머니가 공동 화덕 쪽으로 허둥지둥 갔다. 자리에서 일어나 주인집 마루 위에 걸린 남폿불을 떼어 들고 왔다. 누나는 창백한 얼굴로 눈을 감은 채 누워 있었다. 순간 나는 가슴이 미어지는 것 같았다. 어젯밤 누나를 데리고 캠프파이어에 가지 말아야 했다. 술도 따라 주지 말아야 했다. 밤늦게까지 붙잡고 있지도 말아야 했다. 모든 것이 내 잘못이다.

"고마워, 도령."

남폿불을 들고 화덕으로 가자 아주머니가 울 듯이 웃었다. 나는 커다란 양은솥이 걸려 있는 화덕에 불을 피우고 물을 끓였다. 조금이라도 빨리 끓게 하려고 나무를 마구 집어 넣었다. 귀하다면 귀한 땔감이지만 조금도 아깝지 않았다.

따뜻한 물에 적셔서 꼭 짠 수건으로 아주머니는 누나 얼굴이며 손을 닦아 주었다. 하얀 수건에 붉은 피가 묻어났다.

엄마는 덮고 자던 이불을 누나에게 덧덮어 준 다음 깔았던 요를 어깨에 두르듯이 하고 앉아 있었다.

"이게 웬일이야, 그래."

아주머니가 울 듯이 말했다.

"미안해요, 잠도 못 자게 소란을 피워서. 우리 도령까지 깨게 하구."

"병은 날 때가 되면 더한 듯 하다잖아요. 너무 걱정하지 말아요. 하늘을 보니까 곧 날이 새겠네. 죽이나 좀 쑤어 멕여요. 처녀 속 좀 덥히게."

엄마는 나직하게 말했는데, 나는 그런 엄마가 마음에 들었다.

"낮에 주인한테 얘기해서 방에 드는 게 좋겠어요."

"방에 안 들어갈래, 답답해."

누나가 감았던 눈을 떴다.

"이것아, 지금 그게 문제니?"

경황 중에도 어이가 없는 듯 아주머니는 혀를 찼다.

"저 방을 달라고 하세요. 방에 든 사람들이 오늘 간대요."

나는 손가락으로 방 하나를 가리키며 주눅든 목소리로 말했다.

"답답해."

"누나가 방에서 지내면 나두 좋아. 혹시 비가 오면 우리두 그리 가구. 심심하면 밤에 놀러 나와도 되잖아."

누나네 없이 엄마와 단둘이서만 잠드는 것은 꿈에도 생각해본 적이 없었다. 늘 곁에는 누나가 있었다. 하지만 이제는 그럴 수가 없게 된 것이다. 누나가 막 떠나기라도 하듯 안타깝고 슬펐다.

아주머니가 죽을 끓이러 화덕 쪽으로 가자 엄마도 아침을 짓겠다고 마루 귀퉁이에 놓인 보퉁이로 쌀을 가지러 갔다. 아직도 약수터에서 깨어난 사람은 우리밖에 없었다. 아니, 기영이네 가족이 묵고 있는 방 쪽에서 방문 닫히는 소리가 났다. 누군가 내다보고 있던 게 틀림없다.

나는 혹시 근영이 형이 나오지 않을까 하는 생각을 했다. 요사이 누나와 친하게 지냈으니까 마당에서 일어난 일을 알았다면 나와 볼 것 같았다. 그러나 아무 소리도 들리지 않았다. 나는 엄마가 몸에 두르고 있던 요를 덮고 누나 곁에 누웠다. 자다 깨서 조금 쌀쌀하더니 금방 포근해졌다.

"이거 더 덮어."

누나는 엄마가 덮어 준 이불을 내게 밀었다.

"괜찮아."

그러나 누나는 막무가내였다. 하는 수 없이 밀어 주는 이불을 덧덮게 되었다. 그렇지만 공평하게 반반씩 덮기로 했다.

"은수야, 고맙다."

"누나, 미안해. 괜히 나 때문에……."

나는 울음이 나오려고 해서 말을 더 할 수가 없었다.

"아냐, 아냐. 너는 아무 잘못 없어."

누나가 내 손을 잡아 주었다. 부드럽고 따뜻했다. 내 눈에서는 기어이 눈물이 흘러내렸다.

"은수, 자니?"

"아니."

코맹맹이 소리로 대답했다.

"내가 방으로 가도 전처럼 지낼 수 있지? 밤에 놀러 와도 되고?"

149

"그렇고말고지."

당연히 누나가 방으로 가도 전처럼 지낼 수 있다. 누나 방에서 숙제도 하고 낮잠도 잘 수 있다. 또 방 앞에 붙은 쪽마루에 앉아서 밥도 먹을 수 있으리라.

"무섭지 않아?"

누나가 망설이는 듯한 목소리로 물었다.

"뭐가……?"

"옮을까 봐……."

"우리 엄마가 말했잖아. 다 나아 가느라 그러는 거라구. 누나나 내 가려움증 옮지 마."

손등으로 눈물을 닦고 씩씩하게 말했다. 안심이 되는 듯 누나가 웃었다. 나는 누나 손을 꼭 쥐었다. 거기에 화답하듯 누나도 힘을 주었다.

'누나가 아무리 폐가 나쁘다고 해도 조금도 겁나지 않아. 그까짓 건 아무것도 아니라니까. 그 쪼다한테 정신만 빼앗기지 않으면 돼. 그것 때문에 기분이 좀 나빴는데 이젠 괜찮아. 누나는 이 세상에서 제일 예쁘고…… 미안해, 누나.'

화덕에서 탁탁 소리가 나며 매캐한 연기가 날 즈음, 나는 누나 손을 슬그머니 놓고 잠의 늪으로 빠져들었다.

18

아침을 먹은 뒤 순희 누나네는 방으로 옮겨 가게 되었다. 마당에서 정면으로 보이는 가운뎃방이었다. 왼쪽에 있는 방이 주인아저씨 방, 오른쪽이 기영이네 방, 잣나무 숲을 마주하고 꺾어져 있는 쪽 방은 다리를 저는 아가씨와 할머니가 쓰고 있었다. 방으로 옮겨 간다고 해서 무슨 거창한 일이 있는 게 아니었다. 아주머니가 걸레로 방을 닦고 마루 귀퉁이에 놓여 있는 이불 보따리를 들여놓자 그만이었다.

누나가 피를 토했다는 말이 약수터 안에 쫙 퍼졌다. 제대로 얼굴도 모르는 아저씨 아주머니들이 와서 위로해 주었다. 다들 내 일처럼 가슴아파했다. 그들은 쯧쯧 혀를 차며 슬그머니 무언가를 놓고 갔다. 과일과 반찬 따위였다. 어떤 아주머니는 찹쌀을 조금 놓고 가기도 했다. 기영이 엄마도 왔다 갔다. 옆방이라 오고 자시고 할 것도 없이 마루에 나앉기만 하면 되었다. 하지만 근영이 형과 기영이는 오지 않았다. 미영이가 뜰에 서서 들여다보다가 약수터 어귀 노송 쪽으로 뛰어갔다. 조금 전 근영이 형과 기영이가 책을 들고 그리로 갔다. 다리를 저는 아가씨는 초콜릿을 두 개 주었다.

나는 한참을 마루에 앉아 있다가 마당을 지나 잣나무 숲으로 들어섰다. 오늘은 혼자 나무를 하러 가는 수밖에 없었다. 나무터 쪽에서 또 산비둘기가 울어 댔지만 이제는 하나도 무섭지 않았다.

"폐병엔 잣죽만 한 게 없어."

막 욕쟁이네 움막 옆을 지날 때였다. 나는 귀가 번쩍 뜨였다. 욕쟁이는 텐트 아저씨와 아침밥을 먹고 있는 것 같았다.

"다른 거 없어. 그거면 돼."

"잣이 얼마나 비싼데."

텐트 아저씨 목소리였다.

나는 숨소리를 죽이고 서서 귀를 기울였다.

"그러니까 약이지. 서울 경동시장에 가서 잣을 사다가 한 달만 잣죽을 쑤어 먹으면 돼."

"한 달이나? 그게 얼마나 비싼데."

"좀 싸게 사는 수가 있어."

"그게 뭔데? 나도 좀 먹어 보게."

여기서 말소리가 그쳤다. 행여 내가 엿듣고 있는 것이 들켰나 해서 가슴이 조마조마했지만 움막 문 여는 소리는 나지 않았다.

나는 가만히 서서 기다렸다. 조금만 더 들으면 좋겠는데 조바심이 났다. 안에서는 숟가락질하는 소리만 들려왔다.

"무슨 얘기를 하다 마나. 사람이라군, 원⋯⋯."

텐트 아저씨는 몹시 궁금한 모양이었다.

"가르쳐 줘?"

"사람 좀 살려 줘. 내 한턱 내지."

"나중에 딴소리하는 건 아니지?"

"원, 사람두⋯⋯."

욕쟁이가 말을 하기 시작했다. 나는 귀를 쫑긋 세웠다.

"경동시장에 가서 까지 않은 잣을 한 말 사는 거야. 가을철이면 좀 싸게 살 수 있어. 그걸 둘러메구 제기동 한약 상가로 가서 껍질을 까는 거야. 삯을 좀 주면 되거든. 까서 파는 걸 사는 것보다 엄청 싸지. 아니면 집에 가져다가 두고 날마다 먹을 만큼만 펜치로 까든가. 날 옆에 파인 홈에다 하나씩 넣고 까면 금방이야."

"자네는 그러면 여기 잣을 따서⋯⋯."

"직접 까서 한약방에 넘기는 거야. 단골루 다니는 집이 있어."

"얼마 안 있으면 이 잣 딸걸. 올해는 철도 이르구."

"그럼, 며칠 지나면 따야지. 개학 돼서 사람이나 좀 줄거든."

그런 속셈이 있었구나. 나는 두 주먹을 불끈 쥐었다.

"잣 따면 나한테두 좀 팔게, 싸게."

텐트 아저씨가 사정했다.

"나를 좀 도와주면 그러지."

선심 쓰는 듯한 목소리였다.

"말만 하게. 약 구하는데 뭔들 못 하겠나."

무릎이라도 꿇고 비는 모양이었다.

"내일 집에를 가야 되거든. 하루 자구 모레 오는데, 잣을 좀 지키게. 요 뒤에 텐트 치구 있는 젊은 놈들이 손대지 못하게 말이야."

"그건 염려 말게. 내 놈들 옆에 붙어다닐 테니까. 잣나무에 손만 대도 혼쭐을 내겠네."

싸움터에 나서는 장수가 왕에게 고하듯 힘이 들어간 목소리였다.

"모레 저녁때는 올 거야."

"염려 말래두. 그런데 그게 참말 효과가 있을까?"

내가 궁금하던 것을 텐트 아저씨가 물어 주었다.

"나를 봐. 공기 좋지, 물 좋지, 잣이 보통 효능이 있는 게 아니거든. 『방약합편』에도 나와 있듯이…… 우리 아저씨뻘 되는 양반이 한의산데 말야……."

나는 움막을 향해 혀를 날름하고는 주먹감자를 먹였다. 이제 들을 것은 다 들은 셈이다. 아버지한테 『방약합편』에 대해 들은 적이 있으니 욕쟁이 말이 사실일 것이다.

다시 한 번 주먹감자를 먹이고 잣나무 숲길을 올랐다. 이제 야 욕쟁이가 눈을 부라리며 잣나무를 지키는 까닭을 알게 되었

154

다. 짐작은 했지만 그런 이유가 있는 줄은 몰랐다. 아예 주인아저씨를 제쳐두고서 들어앉은 셈이다. 나는 씩 웃으며 줄지어 선 잣나무를 손바닥으로 툭툭 치며 올라갔다.

서둘러 삭정이를 꺾었다. 얼른 나무를 해 가지고 가서 목욕을 한 다음 잣나무들을 샅샅이 살펴보기로 했다. 어느 곳이 가장 후미지고 잣이 많이 달렸는지 대강은 알고 있지만 좀더 자세히 조사해 보기로 했다. 바로 내일 잣을 딸 수 있는 기회가 생기는 거다.

점심을 먹고 잣나무 숲을 다니며 살펴보기 시작했다. 예상대로 묘지 뒤쪽말고는 만만치가 않았다. 아무도 보는 사람이 없어야 하고 잣이 많이 달린 나무라야 한다. 아름드리 나무라서 옆으로 뻗은 가지 끝에 달린 것은 안 된다. 그건 장대로 털어야만 하는데 소리가 나기 때문에 그림의 떡이다. 우듬지 근처에 달린 것이라야 좋다. 나뭇가지가 휠 때까지 올라가서 가지째 꺾어 아래로 던지면 된다.

묘지 가장자리 그늘에 앉아 일기를 쓰며 잣나무를 살펴보았다. 줄기 아래쪽 가지를 바짝 자르지 않고 손잡이처럼 남겨 두어서 나무에 오르기 좋을 것 같았다. 썩지만 않았다면 거저먹기다. 두어 시간이면 대여섯 그루는 문제 없다. 잣나무가 다 내것 같아서 뿌듯했다. 묘지 뒤쪽에 잣송이를 감추고 불을 피운다음 그슬려 까면 된다. 밤에는 공동 화덕 아궁이에서 하면 다된 거나 마찬가지다.

"여기 있었구나."

히죽이며 반쯤 일기를 쓰고 있을 때 뒤에서 기영이 목소리가 들렸다. 나는 얼른 웃음을 지우고 덤덤한 표정을 지었다.

"어쩌려고 그러니?"

앞에 와서 선 기영이가 말했다. 나는 켕겼다. 이자식이 벌써 속마음을 알아챘나 싶어 불안했다. 하지만 태연한 척 되물었다.

"뭐가?"

"옮으면 어쩌려고 그러니?"

"뭐가 옮아?"

나는 어이없다는 표정을 지었다. 무슨 말을 하려는지 알 것 같았다.

"폐병은 옮는대. 너 조심해라."

기영이는 걱정스러운 얼굴로 말했다.

"너나 조심해. 나는 안 옮아."

얼굴 가득 경멸하는 표정을 지은 채 다시 일기를 써 나가기 시작했다. 기영이에게는 아예 눈길도 주지 않았다.

잠시 뒤 기영이의 발소리가 멀어졌다. 순간 잣을 딸 때 기영이네도 눈치채지 못하게 해야겠다고 생각했다. 그들이 내일 이곳에 있으면 문제다. 한참 생각해 보았지만 별 뾰족한 방법이 떠오르지 않았다. 다시 한 시간쯤 지나서 수가 하나 생각났다. 속을지 모르지만 한번 써먹어 보기로 했다.

나는 짐짓 겁에 질린 표정으로 마당으로 뛰어갔다. 기영이네

156

는 보이지 않았다. 다시 약수터 어귀로 달려갔다. 예상대로 세 명이 그곳 통나무에 앉아 있었다.

"배, 뱀이 나타났어. 떼뱀이야. 무서워 죽겠어. 일기를 쓰고 있었는데…… 달려드는 것을 간신히 도망쳤어. 가서 좀 잡아 줘."

내가 사색이 되어 소리치자 미영이는 비명을 지르고 근영이 형과 기영이는 꼼짝하지 않았다.

저녁밥을 먹고 나자 여느 날과 다름없는 밤이 시작되었다. 그러나 내게는 낯설고 어색하게 느껴졌다. 멍석 위에서 같이 저녁을 먹은 누나네가 방으로 가고 나자 그랬다. 평소보다 일찍 자리에 누웠지만 기분은 나아지지 않았다.

몸을 뒤척여 불 꺼진 누나네 방을 쳐다보았다. 방문이 열려 있었다. 문득 베개를 들고 그리 가고 싶은 충동이 일었다. 누나와 아주머니가 같이 자자고 하는 것을 엄마가 사양했다. 주인 아저씨 눈치가 보인다는 거였다. 나도 그 말을 이해했다. 아주머니도 고개를 끄덕이고는 더 이상 권하지 않았다.

잠시 눈을 감았다가 뜬 사이 열린 방문 틈으로 누나의 상반신이 보였다. 마치 오래된 액자의 그림처럼 희미한 모습이었다. 나는 일어나 앉았다. 누나가 보고 웃는 것 같았다. 친구에게 하듯 손을 흔들었다. 그러자 뜻밖에도 누나 모습이 점점 커지더니 마루로 나섰다. 누우면 자는 게 일이라는 듯 엄마는 금세 잠이 들었다.

얼른 일어나 뺑대쑥 연기가 피어오르는 모깃불 가까이 갔다.

"방에 들어가니까 잠이 안 오네."

누나가 내 어깨에 손을 얹었다. 나는 슬쩍 몸을 돌려 걸었다. 누나도 따라 걸었다. 우리는 어젯밤처럼 약수터 어귀로 갔다. 금방 생각한 건데 그곳이 제일 좋을 것 같았다. 내일 아침에 말을 하려고 했는데 자연스럽게 기회가 왔다. 우리는 노송 아래 통나무에 걸터앉았다.

"누나는 내가 고맙지 않아?"

"······?"

"여지껏 나무해 준 것 말이야."

"고맙고말고."

누나는 내 어깨에 팔을 둘렀다.

"그래서 말인데 부탁 좀 하려구······."

"뭔데?"

나는 짐짓 시무룩한 표정을 지으며 말하기 시작했다. 이곳에서 노느라 숙제를 제대로 못 했다는 것, 담임 선생님에게 혼이 난다면 친구 놈들이 아주 고소해할 거라는 것, 그래서 이곳에는 많지만 동네에서는 무척 귀한 잣을 따다가 형들에게 뇌물로 주고 숙제를 부탁해 보겠다는 것을 되도록 절실하게 들리도록 말했다.

"욕쟁이한테 걸리면 어쩌려고."

"내일 집에 갔다가 모레 온대."

나는 나무하러 가다가 들은 것을 말했다.

"다 봐 두었어. 누나는 텐트 아저씨 망만 봐 주면 돼. 참, 아무도 알면 안 돼. 달라고 진드기처럼 달라붙으면 곤란하니까."

차마 근영이 형이라는 말은 하지 못했다.

"망보는 거야 뭐……."

누나가 망설였다.

"꼭 들어줘야 돼. 내가 여태 누나네 나무해 줬으니까 거절하면 안 돼."

"위험하지 않을까? 걸려도 난 책임 못 진다."

"그건 염려 붙들어매구. 절대 들키지 않아. 내가 우리 동네에서 나무를 제일 잘 타는데 뭘. 별명이 다람쥐거든."

누나가 웃었다.

"자, 약속."

나는 새끼손가락을 내밀었다.

19

아침을 먹고 나서 뛰듯이 마당을 벗어났다. 신바람이 나고 가슴이 다 벌렁거렸다. 욕쟁이네 움막 옆을 지날 때는 혀를 날름 내밀었다.

나무터에 도착한 나는 서둘러 삭정이를 꺾었다. 마음은 이미 잣나무를 오르고 있었다. 우리 동네에서는 잣 한 송이 구경하기가 어려웠다. 그런 잣이 우듬지에 잔뜩 매달린 채 기다리고 있다. 그런 생각만 하면 마음이 급해져서 손이 더 빨라졌다.

이윽고 마음에 차게 삭정이를 꺾어 모으고 일어났다. 쉬는 바위는 거들떠보지도 않고 빠른 속도로 비탈길을 내려왔다. 때문에 지금쯤이면 나란히 오르곤 하는 근영이 형과 기영이, 미영이가 보이지 않는 까닭에 대해 생각하지 못했다. 단지 그들이 어제 내 꾀에 넘어가서 묘지에 안 오기만 바랄 뿐이었다.

공동 화덕 옆에 팽개치듯 나뭇짐을 벗어 놓을 즈음 아주 신나는 일이 기다리고 있었다. 나는 나무확에 넘치는 물로 세수를 하고 마루에 앉아 있는 순희 누나에게 갔다.

"욕쟁이는?"

멍석에 앉아 있는 엄마와 아주머니도 듣지 못하도록 작은 소리로 물었다.

"갔어."

누나가 웃었다. 나도 따라서 씩 웃었다. 그런데 기영이네가 자는 방 문이 조금 열려 있었다. 마루에 앉으며 슬쩍 보았는데 짐도 하나 없는 빈 방이었다.

"어디 갔어?"

나는 이상해서 물었다.

"떠났어, 욕쟁이하고 같이."

누나가 나직하게 말했다. 기분이 착잡해 보였다. 가깝다면 가까운 사이였는데 아무 말 없이 떠나 버리다니 배신감이 들었다.

"내가 옆방에 있는 게 싫은가 봐."

누나가 힘없이 말했다. 나는 아무 말도 하지 않았다. 그런 작자들이라면 어서 꺼져 버리는 게 나을 것 같았다. 괜히 나무터를 가르쳐 주었다는 생각을 했다. 하지만 걱정거리가 덜어진 셈이니 좋은 점도 있다. 자꾸 웃음이 나오려는 걸 억지로 참았다.

다시 기분 좋은 일이 벌어졌다. 욕쟁이가 찍어 준 청년 셋이 잣나무 숲에서 나와 마당을 지나 약수터 어귀로 향했다. 그러나 여느 때와는 달리 누나를 보지도 않고 급한 볼일이라도 있는 사람들처럼 빠르게 지나갔다.

161

이번에는 텐트 아저씨가 나타났다. 나는 짐짓 무표정한 얼굴로 마루에 앉아 있었다. 그런 내게는 관심 없다는 듯 누나를 흘끔 보고는 서둘러 걸음을 옮겼다.

"묘지로 와."

나는 누나 손을 잡은 오른손에 힘을 주었다가 놓고는 보따리에서 책과 공책을 꺼내 들고 천천히 마당을 벗어나 묘지 쪽으로 갔다. 엄마가 알면 십중팔구 욕이나 먹기 십상이지만, 그게 무서워서 하고 싶은 것을 못 할 내가 아니다. 재미 중에서도 가장 커다란 재미라고 할 수 있는 일이 기다리고 있지 않은가. 자꾸만 빨라지려는 걸음을 느리게 내딛어야만 했다.

"네가 저 높은 나무에 올라갈 수 있다는 거야?"

잠시 뒤 내 곁에 다가온 누나가 놀란 얼굴로 말했다. 나는 대꾸하지 않았다. 고개를 쳐들고, 아침 햇살을 받아 검푸른 잣송이들이 더욱 탐스럽게 보이는 잣나무를 올려다보기만 했다.

묘지 뒤쪽의 세 그루가 목표였다. 다른 나무에 비해 그곳에 잣송이가 많이 달렸다. 어림잡아도 한 나무에서만 백여 송이는 되었다. 잘하면 점심 먹기 전에 다 딸 수 있을 것 같았다. 옆의 나무들은 포기하기로 했다. 우듬지에는 별로 없고 옆으로 뻗어 나간 가지 끝에 달려서 장대로 털어야 되는데 소리가 나서 불가능했다.

"정말 저길 올라갈 수 있어?"

누나가 다시 물었다.

"그럼, 저건 일도 아니야. 내 별명이 다람쥐래두."

"그래도."

누나는 여전히 못 믿겠다는 표정이었다. 하는 수 없이 내 계획을 설명하기 시작했다.

"아주 간단해. 나무에 올라가서 잣송이가 많이 달린 가지를 통째로 꺾어 아래로 던지는 거야. 그런 다음 다시 내려와서 옆 나무로 올라가고, 거저먹기야."

"그러면 나는?"

"여기 서 있다가 누구든지 오면 나한테 알리는 거야."

"어떻게?"

나는 아차 했다. 상대가 눈치채지 못하게 내가 알아야만 되는데 뾰족한 수가 떠오르지 않았다.

잠시 생각하던 누나가 꾀를 하나 내었다.

"큰 소리로 기침을 할게. 쿨룩쿨룩, 이렇게."

"좋아. 자, 그럼……."

나는 걱정하는 누나를 두고 나무에 오르기 시작했다. 가지가 잘려 있어 처음 두어 키 정도가 문제였다. 잘린 가지는 대부분 썩어서 손을 대자마자 부러지곤 했는데 다행히 단단해서 요긴하게 쓰이는 것도 있었다. 덕분에 한 번도 미끄러지지 않고 가지가 있는 곳까지 올라갔다.

"은수야, 조심해라, 응? 조심해."

밑에서는 누나가 계속 걱정을 하고 있는데, 나는 누나가 저

러고 있다가 텐트 아저씨가 오는 것도 모를까 봐 되려 걱정이
되었다.

"거기 있지 말고 얼른 묘지 앞으로 가서 망 좀 보라니까."

작은 소리로 말하고 다시 오르기 시작했다. 굵은 가지가 사
방으로 뻗어 나가 있어서 실수로 양 손을 놓쳐도 땅에 떨어질
염려는 없었다. 단지 너무 촘촘해서 오르기가 더딜 뿐이었다.
풀매미들이 놀라 푸드덕거리며 날았지만 잣나무 잎 때문에 제
대로 도망가지 못했다. 투망에 든 피라미처럼 헛되이 날갯짓만
했다.

손과 얼굴에는 잣나무 진이 묻어서 끈적거렸다. 땀이 나서
온몸이 다 젖었다. 잣이 달린 가지까지 오르자 비로소 햇빛이
비쳤다. 잣송이들이 하얀 진을 흘리며 매달려 있었다. 검푸른
그것들은 꽉 찬 알맹이를 간직하고 어서 따 가기만을 기다리고
있는 것 같았다.

스스로 생각해 봐도 자랑스러웠다. 동네 아이들이 보았다면
탄성을 질렀으리라. 한 가지를 더 오르자 묘지 앞에 서 있는 누
나가 보였다. 내가 손을 흔들자 누나도 마주 흔들어 주었다.

"조심해라."

나무가 휘청거렸지만 겁나지 않았다. 여기서는 설사 떨어져
도 가지에 걸리게 되어 있다. 하늘에는 여전히 흰 구름이 동쪽
으로 흐르고 있었다. 이번에는 잉어 모양이었다. 그 외에는 사
진에서 본 바다처럼 파랬다. 햇볕은 따갑게 내리쬐고 있었지만

불현듯 가을이 가까워진 듯한 느낌이 들었다. 하늘이 좀더 높아지고 습기가 적어졌다.

고개를 돌려 옆을 보았다. 점찍은 두 나무의 잣송이들이 가까이 보였다. 풀쩍 건너뛰면 손에 닿을 것 같았다. 이곳에서는 약수터 주인아저씨 집도 전혀 보이지 않았다. 하늘과 구름, 절정을 이룬 초록 나무들 천지였다. 아래쪽에서 보던 것과는 영 느낌이 달랐다. 키 작은 아이가 어른들 다리만 보다가 어느 날 갑자기 거인이 돼서 지나다니는 사람들의 까만 머리통을 내려다보는 것 같을지도 모른다.

"어서 따고 내려와, 은수야."

누나가 소리를 질렀다.

나는 말을 하는 대신 손을 한번 흔들고는 조금 더 올라가서 잣송이가 무더기로 달린 나뭇가지를 꺾어서 아래로 던졌다. 나뭇잎 스치는 소리에 이어 쿵 하는 소리가 났다. 한 발짝씩 아래쪽으로 내려가며 잣이 달린 가지가 손에 닿으면 다 꺾어 던졌다. 잠시 움직임을 멈추고 아래쪽에 귀를 기울였다. 누나에게서는 아무 소리도 들려오지 않았다.

이 나무에서 할 일은 끝났다. 나는 재빠르게 내려왔다.

"아무도 본 사람 없지?"

털썩 땅에 주저앉은 내가 물었다. 머리와 어깨에는 잣 검불이 묻고 얼굴과 손과 팔뚝은 땀과 진으로 끈적거렸다.

"아무도 안 왔어."

165

머리에 붙은 잣 검불을 떼어 주며 누나가 말했다. 나는 안도의 한숨을 내쉬었다.

누나는 잣송이들을 한군데로 모아 놓았다. 백여 송이는 될 것 같았다. 나는 더운 숨을 쉬면서도 뿌듯했다.

"이제 가서 목욕하자. 그런데 저걸 다 어떻게 까니."

누나가 손수건으로 내 이마에 흐르는 땀을 닦아 주었다.

"두 나무 더 따야 돼."

나는 자리에서 일어났다.

"저거면 됐지, 또?"

누나는 어이가 없는 모양이었다.

"까면 얼마 안 돼."

나는 다시 나무에 올랐다. 누나가 조심하라고 애원하듯 말했다. 나는 신이 났다. 힘들기는커녕 기운이 펄펄 났다. 누나가 한군데 모아 놓은 것이 다 내가 딴 거라고 생각하자 조금도 덥지 않았다. 팔이며 다리며 나무 껍질에 스쳐서 시뻘겋게 되었지만 그것도 아무렇지 않았다. 누나와 사인을 주고받은 다음 조금 더 올라가서 꼭대기 가지부터 꺾어 던졌다. 이번에는 머뭇거리지 않고 잽싸게 움직였다.

세 번째 나무도 단숨에 올랐다. 누나는 그만 하라고 말리다가 안 되니까 망을 봐 주지 않겠다고 겁을 주었다. 그래도 나는 멈추지 않았다. 한번 마음먹으면 꼭 하고야 마는 성격이었다. 누나는 가겠다고 했다. 그래도 말을 안 들으니까 정 그러면 쉬

166

었다가 따라고 했다. 하지만 나는 듣지 않고 나무에 올랐다.

어쩌면 나는 2, 3일 내로 이곳을 떠나게 될지 모른다. 내가 더 있자고 떼를 써서 엄마가 돈을 주고 산 쌀이며 반찬이 떨어져 가고 있었다. 맨 위로 올라가서 잣송이가 달린 가지를 꺾어 던지는데 슬픈 생각이 들었다. 끝없이 펼쳐진 푸른 숲이, 높아져 가는 하늘이, 습기가 적어진 공기가 까닭 없이 그런 기분이 들게 했다. 내년에 오면 다시 누나를 만날 수 있을까 하는 생각을 잠시 해 보았다. 따라서 나무에 오를 때와는 달리 시무룩해져서 내려왔다.

"조심해라."

가지가 끝나는 곳까지 내려왔을 때 누나가 말했다.

이제 두어 길만 더 내려가면 된다. 나는 잘리고 남은 나뭇가지를 손잡이삼아 붙들었다. 내가 내려다보고 웃자 누나도 웃었다. 순간 뚝, 소리가 나면서 왼손으로 잡고 있던 나뭇가지가 부러졌다. 나도 모르게 어, 소리를 지르며 아래로 떨어지기 시작했다. 나무 기둥이, 하늘이 돌았다. 어지러웠다.

"괜찮니? 아프지 않아? 어디 다친 데는 없어?"

누나는 쓰러졌다가 벌떡 일어난 내 손을 잡으며 다급하게 물었다. 얼굴은 하얗게 질려 있고 목소리에는 울음이 배어 나왔다. 여차하면 조금 전 질렀던 비명을 다시 지를 것 같았다.

"아냐, 괜찮아."

정말이었다. 떨어지는 순간만 잠시 아득했을 뿐 아무렇지도

167

않았다. 나는 좀 과장되게 엉덩이며 어깨에 묻은 검불을 툭툭 털었다. 어디 부러진 데도, 터져서 피가 나는 곳도 없었다.

"정말 괜찮아?"

"뭐 이까짓 거야."

그제야 누나 얼굴이 펴졌다. 나는 씩 웃었다. 작년에는 밤을 따다가 떨어진 적이 있다. 지금보다 더 높은 곳에서였다. 나무에서 떨어지는 건 특별한 일이 아니다. 다치지만 않으면 된다.

나는 누나와 함께 잣송이들을 묘지 앞쪽 갈참나무 아래와 묘지 오른쪽 숲에 감춘 다음 어제 앉아서 일기를 쓰던 곳에 벌렁 드러누웠다.

"은수, 진짜 장사네. 나무에서 떨어져도 괜찮고."

"남자가 이까짓 걸 뭐."

별거 아니라는 듯 나직하게 대답했다.

"저것들을 다 어떡하니. 너무 많이 땄다."

"문제 없어. 점심 먹고 불을 피워서 그슬린 다음 까면 쉬워. 밤에두 까고, 내일 오후면 끝낼 수 있어. 누나가 좀 도와줘."

"어떻게?"

"잣송이를 불에 그슬리는 일을 하는 거야. 난 그것을 까고, 아주 쉬워."

"그거야 뭐……."

"도와줄 수 있지?"

"당연히 해야지."

168

"고마워, 누나."

나는 벌떡 일어났다. 배가 고팠다.

점심밥을 먹은 다음 주인아저씨 몽낫을 슬쩍 가져다가 밤 까는 나무처럼 나뭇가지 끝을 사선으로 잘랐다. 어른 엄지발가락 굵기로 해서 내 팔 길이만 한 것 네 개와 허리쯤 차는 것 네 개. 긴 것은 부지깽이 겸 집게, 작은 것은 잣을 까는 데 쓸 것이다.

성냥을 주머니에 넣고는 누나와 같이 묘지 오른쪽 숲으로 들어섰다. 나무를 조금 헤치고 가자 불 피우기에 알맞은 자리가 나타났다. 오리나무 아래인데 누군가가 일부러 그러기라도 한 것처럼 차돌이 깔려 있었다. 누나가 자는 방 넓이만큼 풀도 나지 않았다. 묘지에 누가 오더라도 보이지 않을 자리였다. 불은 조금만 피우면 되니까 연기 걱정도 없었다.

서둘러서 나무 토막을 주워다가 불을 피웠다. 이곳에 온 뒤로 한 번도 비가 내리지 않아서 바싹 말라 있던 까닭에 쉽게 붙었다. 나는 얼른 묘지 오른쪽 숲에 감춰 둔 잣송이 달린 나뭇가지들을 날라 왔다. 우선 그슬리는 방법을 보여 주고 누나에게 부탁한 다음 나는 잣송이를 깠다. 누나가 적당히 그슬려 놓은 잣송이를 한쪽 발로 밟고 허리를 숙여 잣송이의 꼭지 부분부터 나뭇가지의 뾰족한 쪽으로 까기 시작했다. 다 익은 거나 마찬가지여서 쉽게 겉껍질이 벗겨지고 알맹이가 튀어나왔다.

"은수 아주 잽싸구나."

옆에서 구경하던 누나가 탄성을 질렀다.

"내가 밤 까는 데는 선수거든. 우리 밭둑에 있는 밤나무를 털면, 까는 건 내 담당이야. 거기에 비하면 이건 가시도 없고 거저먹기나 다름없어."

말을 하면서도 나는 잣송이 까기에 여념이 없었다. 다 까고 남은 빈 토생이는 뒷발로 탁 차 버렸다. 누나가 재미있다는 듯 웃음을 터뜨렸다.

나는 누나가 가지고 온 보자기에 잣 알맹이를 놓았다.

"나중에 욕쟁이가 알면 기가 찰 거야. 그치, 누나."

누나 얼굴에 송송 땀방울이 맺혔다.

"힘들지 않아?"

"아냐, 재밌어. 심심하던 차에 잘 됐다. 나도 좀 까 봐야겠네."

"여기서만 도와줘. 밤에 화덕에서는 나 혼자 할게."

"같이 해. 잠도 안 오는데 마침 잘 됐다."

누나도 잣송이를 발로 밟았다.

"정말 괜찮아?"

"그럼, 재밌기만 하다."

누나 목소리에 생기가 넘쳐흘렀다.

20

순희 누나가 떠나는 꿈을 꾸었다. 붉게 물들어 가는 노을을
배경으로 차츰 다리부터 녹아 없어지고 있었다. 약수터 어귀
노송 아래서였는데, 아무리 발버둥쳐도 누나에게 다가갈 수가
없었다. 마치 눈에 안 보이는 그물이 쳐진 듯한 느낌이었다. 그
래서 땅바닥에 주저앉아 울고 말았다. 여전히 누나는 녹아 내
리고 있었다. 다리가, 엉덩이가, 가슴이, 두 팔이, 목이. 이제
남은 것은 얼굴뿐이었다. 무섭지는 않고 영영 떠나 버리는구나
하는 생각이 들었다. 나는 벌떡 일어나서 울부짖으며 누나에게
다가가려고 몸부림치다가 깨어났다.

쌀 씻는 소리와 삭정이가 타며 나는 '탁탁' 소리가 들리고 매
캐한 연기 냄새가 났다. 번쩍 눈을 뜨자 누나가 옆에 앉아서 내
얼굴을 내려다보고 있었다.

"아프지 않니?"

걱정스러워하는 음성이었다. 꿈 속에서 운 것이 실제로 들린

모양이었다.

"아냐, 괜찮아."

나는 벌떡 일어나 앉았다.

"뭐, 끙끙거리던데."

"아무렇지도 않아."

나는 일어나서 멍석에 선 채 맨손체조를 시작했다. 팔이며
다리며 허리, 어깨, 목 모두 아무 이상 없었다. 조금 걱정을 했
는데 옆구리도 아무렇지 않았다.

아침을 먹고 서둘러 나무를 해 온 다음 책을 들고 슬슬 묘지
쪽으로 걸어갔다. 아침을 먹는지 텐트 아저씨는 아직 나오지
않았다.

묘지 앞쪽에 선 나는 안개가 채 걷히지 않은 잣나무 위를 쳐
다보았다. 내가 올라갔던 나무 세 그루는 우듬지가 꺾이고 없
었다. 그러나 이것은 내막을 아는 사람 눈에만 보이는 거고 보
통 사람들은 그런 사실조차 모를 것 같았다. 나는 욕쟁이가 지
을 표정을 떠올리고는 킥킥거리며 웃었다. 그때 누나가 왔고,
우리는 곧바로 어제 잣을 까던 곳으로 향했다.

"누나, 힘들지. 오늘은 앉아서 구경만 해."

"아냐. 하나도 안 피곤해."

누나가 웃으며 말했다.

어제는 밤이 이슥하도록 잣송이를 가져다가 화덕에 불을 피
우고 깠다. 누나가 도와준 덕분에 쉽게 끝낼 수 있었다.

172

어제 잣을 까던 곳에 도착해서 얼른 나뭇가지를 주워다가 불을 피우기 시작했다. 누나가 잣송이를 그슬려 놓으면 내가 운동화 발로 밟고서 까고 빈 토생이는 뒷발로 차 버렸다.

잣 알맹이는 누나가 가져온 보자기에 놓고, 같은 일을 되풀이하다 보니까 요령이 생겨서 더 빨라졌다. 누나가 까기 좋게 그슬린 잣송이를 한 줄로 늘어놓아서 그것을 굴려 오느라 시간을 낭비하지 않아도 되었다. 누나도 잣 까는 솜씨가 늘었다. 빈 토생이를 뒷발로 탁 차기도 해서 웃었다.

"점심때까지는 다 끝나겠지. 안 될까?"

잣을 까며 누나가 중얼거리듯 물었다.

"충분해. 나 혼자면 어림도 없는데 누나가 도와주니까 쉽네."

나는 다 깐 잣송이를 뒷발로 탁 찼다.

"나도 도와주게 돼서 기쁘다."

누나도 탁, 하고 빈 토생이를 찼다.

"오후엔 뭘 할 거야?"

"글쎄, 숙제나 해야겠지?"

"은수가 나를 마지막으로 좀 도와줬으면 좋겠는데……"

"거창하게 나오니까 무섭네."

"도와줄 수 있지? 화내지 않고……"

"그야 물론이지. 뭔데?"

"통나무에 앉아서 사람들 구경하자."

나는 허리를 펴고 누나를 바라보았다.

173

"누나, 아직도……."

"아냐, 아냐. 심심해서 그래. 단지 그것뿐이야."

누나는 엉거주춤한 자세였는데, 금방이라도 두 눈 가득 물이 고일 것 같았다.

"좋아, 그런 거라면."

"고마워. 우리 은수, 어른이 다 된 것 같네."

누나가 내 등에 손을 얹었다. 하지만 나는 못 들은 척 계속 잣송이를 깠다. 틀림없이 그 쪼다를 기다리는 건데, 화가 났다. 얼굴을 든다면 누나가 내 속마음을 눈치챌 것 같다. 아니, 그 전에 내가 먼저 말을 꺼낼 것만 같다.

'여태 기다리구두 또 기다려? 그 쪼다가 오면 내 손에 장을 지지겠어.'

나는 거칠게 빈 잣송이를 차 던졌다.

누나와 함께 약수터 어귀로 갔다. 손에 영어책과 공책을 들고 부채질하듯이 흔들며 느긋하게 걸어갔다. 이젠 욕쟁이가 아니라 욕쟁이 삼촌이 와도 아무 걱정 없다. 보자기에 싸서 가져온 잣은 누나가 눈 깜짝할 사이에 씻어서 집 뒤로 가져다 널었다. 어제 깐 것들은 이미 꾸덕하게 말랐다. 마치 전쟁터에서 금방 고지를 탈환한 병사처럼 기분이 좋았다. 아니, 그냥 좋다고 하기엔 부족했다. 만리장성을 쌓은 진시황제 같다고나 할까?

나는 통나무에 걸터앉아 숙제를 했다. 가끔 옆에 앉은 누나를 보기도 했다. 누나는 멍하니 비탈길을 보고 있거나 고개를 숙이고 한숨을 쉬었다. 어쩌다 눈이 마주치면 빙그레 웃거나 내 공책을 보곤 했다. 그러나 말을 건네지는 않았다. 나도 이게 좋았다. 여느 날 같으면 답답했겠지만 지금은 그렇지 않았다. 임무도 완수했고 무엇보다 숙제를 해야 하는 절박함이 있었다.

두런거리는 소리에 고개를 들었다. 비탈 아래쪽이었는데, 아직 모습은 보이지 않았다. 누나는 진작부터 보고 있었던 듯 나와 눈이 마주치자 씩 웃었다. 얼굴이 환해졌다. 쪼다 생각을 하고 있음이 분명했다. 그렇지만 나는 이내 누나가 김칫국을 마시고 있다는 것을 알았다. 점점 크게 들려오는 소리에는 아이의 목소리가 끼어 있었기 때문이다. 그 쪼다가 조카라도 데려온다면 모르지만 그럴 일은 없을 것이다. 나는 다시 고개를 숙이고 문제를 풀어 나갔다.

아니나다를까, 조금 뒤 누나의 한숨 소리가 들렸다. 고개를 들고 보니 다섯 사람이 오고 있는데 가족 같았다. 맨 앞이 중학교 3학년쯤 되었을 형, 다음이 아저씨와 아주머니, 뒤쪽에 내 또래 여자아이 둘이었다. 이 근방 사람들인지 얼굴이 검게 그을려 있었다.

"기차 타고 오셨나요?"

"아녀, 우리는 양덕면서 왔어. 서울서 왔다는 사람은 저 아래서 쉬고 있던데. 아마 저녁때는 되어야 올라올 거야. 원, 그렇게 기운이 없는지."

누나가 무언가를 더 물으려고 했지만 아저씨 일행은 곧장 노송 아래를 벗어나 마당으로 이어진 길로 갔다.

누나는 콧노래를 흥얼거렸다. 가사는 하나도 알아들을 수 없었지만 라디오에서 가끔 나오는 팝송이었다. 조금 전 아저씨가 보았다는 사람이 자신이 기다리는 사람이라고 확신하는 것 같았다. 그래서 노래까지 흥얼거리는 것이리라.

누나의 기분이 전염된 탓일까? 얼마 지나지 않아 나도 저 아래쪽에서 쉬고 있다는 사람이 누나가 목 빠지게 기다리는 그 쪼다 같다는 느낌이 들었고, 이어 확신으로 이어졌다. 지금까지 이런 기분이 든 적은 한 번도 없었다. 따라서 나는 내 생각을 철석같이 믿게 되었다. 그 쪼다가 안 왔으면 하는 생각은 어느새 흔적조차 찾을 수 없게 되었다. 누나가 피까지 토한 상황에서, 그 쪼다가 오면 다시 좋아질 수 있을 것 같다. 아니, 틀림없다. 또 보고 싶기도 했다. 어떤 작자인지 보고 마음껏 비웃어주고 싶은 마음도 생겼다.

하지만 그런 마음은 곧 짜증으로 바뀌었다. 특별한 까닭은 없었다. 조금 전부터 숙제하기가 지겨워졌다. 갑자기 매미 소리가 귀청을 때리기 시작했다. 늘 듣는 거여서 마치 내가 숨쉬는 소리에 전혀 관심이 가지 않듯 무덤덤했는데, 지금은 한낮에 듣는 트럼펫 소리처럼 짜증이 났다.

나는 공책을 탁 덮었다. 누나가 웬일이냐는 듯 보았다. 그러나 나는 눈길 한번 건네지 않고 할랑할랑 부채질을 했다. 내 어

176

깨에 누나가 손을 얹었다.

"손 치워, 더워 죽겠어."

나는 빽 소리를 질렀다.

"에이, 이놈의 매미 새끼들."

나는 근처의 나무들을 두어 번씩 걷어찼다. 가을에 상수리나무나 밤나무에게 하듯 그렇게 했다. 그렇지만 나무가 굵어서 의도했던 대로 되지 않았다. 여전히 매미들은 합창을 하고 있었다. 아니, 더 시끄러워진 듯했다. 발로 차는 바람에 낮잠 자던 놈들까지 깨어나 소리를 보태는 것 같았다.

근처에 있는 돌멩이를 집어서 무작정 팔매질을 해댔다. 돌멩이가 떡갈나무 잎을 스치자 몇 마리가 푸드덕거리며 날아갔다. 그러나 여전히 매미 소리는 작아지지 않았다.

한참을 그러다가 다시 누나 옆에 가서 앉았다. 이마에서 땀이 흘렀다. 누나가 손수건을 내밀었지만 받지 않았다. 누나는 아무렇지도 않은 듯 손수건을 거두어 가더니 다시 콧노래를 흥얼거렸다. 내가 눈을 흘기며 보자 싱긋 웃기까지 했다.

'그 쪼다가 온다고 좋아하는 꼴이라니. 보나마나 제비 같은 놈일 거야.'

마음껏 비웃어 준 다음 통나무에서 일어났다. 방금 아주 재미있는 일이 생각났다. 나는 고양이처럼 발소리를 죽이고, 막 울음을 그치고 갈참나무에 앉아 있는 매미에게 다가갔다. 놈은 느긋하게 쉬고 있었다. 사람으로 치자면 키도 크고 멋지게 생긴 제비 같은 놈이었다. 나는 날쌔게 매미를 덮쳤다. 놈은 찌지 직거리며 날갯짓을 했다. 그러나 어림없었다. 나는 놈을 손에 쥔 채 다른 손으로 근처에 있는 강아지풀을 뽑아 들고 천천히 누나 옆자리로 돌아갔다.

"잘생긴 매미네."

"맞아, 제비 같은 놈이야. 조금 전까지 암컷들을 꼬시느라 바빴을걸. 여지껏 입이 찢어지게 울다가 이제야 그쳤어, 이놈에 매미가."

나는 강아지풀로 매미 엉덩이를 살살 건드린 다음 강아지풀 줄기를 이빨로 끊어 버렸다. 길던 손잡이가 작아졌다. 뾰족한 끝을 놈의 엉덩이에 갖다 댔다. 매미가 비명을 질렀다.

"뭐 하는 거야?"

누나가 노래를 멈추었다.

"매미 시집 보내려는 거야. 이 끝을 이놈 꽁무니에다 박고 날려 보내는 거지. 그게 시집이야."

나는 그 자리에서 내 멋대로 꾸며 댔다.

"세상에, 너무 잔인하다. 매미 죽어."

누나가 혀를 찼다.

"제비 같은 놈이고 내 귀를 시끄럽게 했으니까 시집 보내 버려야 해."

뾰족한 끝으로 놈의 엉덩이를 찌르듯이 했다. 매미가 자지러지듯 비명을 질러 댔다.

178

"제발 그러지 마, 은수야."

누나가 애원하듯 말했지만 나는 못 들은 척했다. 차츰 기분이 좋아졌다. 야릇한 쾌감까지 일었다.

한참 지났을 때 다시 아래쪽에서 사람들 소리가 들렸다. 누나 표정이 밝아졌다. 이번에는 틀림없는 것 같았다. 들리는 목소리로 미루어 청년들 같았다. 나는 얼른 결심을 했다. 만약에 그 쪼다가 마음에 들면 곱게 매미를 살려 주고, 그렇지 않으면 시집 보내 버리기로. 쪼다가 나타나면 무조건 시집 보내기로 한 것에서 한 발 물러선 것이다.

드디어 사람들이 나타났다. 그렇지만 누나가 기다리던 쪼다는 아닌 듯했다. 청년 둘에 아가씨 둘이었다. 넷 다 선글라스를 끼고 머리가 길었다. 그들이 가까이 오자 누나는 슬쩍 고개를 떨구었다. 표정이 어두워졌다.

"서울서 오셨어요?"

내가 물었다.

"아냐, 여주서 왔어."

다시 물으려고 했을 때 맨 앞의 청년이 "큰아버지, 저예요." 했다. 얼른 뒤돌아보자 주인아저씨가 웃고 있었다.

누나는 우울해졌고 나는 기분이 좋아졌다. 매미는 목숨을 연장하게 되었다. 여전히 다를 것 없는 약수터 어귀 풍경이었다. 해는 벌써 서쪽으로 기울어 가고 있었다. 아래에서 쉬고 있다는 사람이 와도 벌써 왔을 시간이다.

"은수는 언제 집에 가니?"

"곧 가야지. 엄마가 쌀 다 먹으면 간댔거든. 누나는?"

"글쎄⋯⋯."

기운이 하나도 없는 목소리였다.

한참을 더 기다렸지만 끝내 누나가 기다리는 남자 친구는 오지 않았다. 조금 전에 할머니 두 분이 왔을 뿐이다. 누나가 어디서 왔느냐고, 아랫동네에서 젊은 청년이 쉬고 있는 것을 본 적이 없느냐고 물었지만 할머니들은 고개를 저었다. 오기는 서울서 왔지만 그런 사람은 보지 못했다고 했다. 할머니들이 지나가자 누나는 고개를 푹 수그렸고 약수터 어귀에는 고요만이 감돌았다. 어느 틈엔가 매미들은 울음을 멈추었다.

나는 슬그머니 통나무에서 일어나서 근처 상수리나무 줄기에 매미를 놓았다. 놈은 곧바로 푸드덕거리며 날아가 버렸다.

21

어젯밤에 이어 이틀째 순희 누나가 꿈 속에 보였다. 여전히 떠나는 장면이었다. 다른 점이 있다면 약수터 어귀 노송 아래가 아니라 마당 멍석 위였다. 벚나무에 멍석으로 된 뗏목이 매여 있고, 나는 그 위에 앉아서 울며 누나를 부르고 있었다. 잣나무 숲에서 흘러 내려오는 급류는 누나를 점점 뗏목에서 멀어지게 했다. 누나는 안간힘을 써서 뗏목 가까이 다가왔다. 내민 손이 내 손과 닿으려는 순간 거센 물결이 몰아쳐서 그만 저쪽으로 떠내려가고 말았다. 소나기가 가랑비로 변하듯 급류가 지나가고 물결이 얌전해지자 누나는 뗏목을 향해 헤엄쳐 왔다. 보기에도 안쓰럽게 몹시 지친 표정이었다. 내가 얼른 손을 내밀어 잡으려고 하자 다시 급류가 저만치 밀어 버렸다. 그런데 벚나무에 매인 뗏목의 밧줄은 도저히 풀 수가 없었다. 다시 물결이 약해졌을 때 누나는 헤엄쳐 오고, 급류가 막 손을 잡으려는 누나를 저만치 밀어 버렸다. 조금 전과는 다르게 아주 거센 물결이었다. 순간 누나는 몸을 가누지 못하고 허우적거리기 시작했다. 그 위에 더 큰 물결이 덮쳤다. 이제 누나 모습은 보이지 않았다.

나는 멍석 가장자리에 서서 울부짖으며 발을 구르다 잠에서 깨었다. 마당 가득 물이 넘쳐나는 것 같아 나도 모르게 움츠러들었다. 손끝에 이불 감촉이 느껴졌다. 따따따따 졸졸졸졸 물소리가 들렸다. 여전히 쑥내가 났다. 눈을 뜨자 머리 위쪽을 덮고 있는 벚나무 이파리들과 주인집 지붕 사이 하늘 가득 은하수가 피어나 있었다. 엄마의 숨소리와 새로 온 사람들의 낯선 숨소리가 들렸다.

조금 머쓱했다. 채 새벽도 되지 않은 것 같았다. 다시 잠을 자려고 눈을 감으려던 순간 나도 모르게 누나가 잠들어 있는 방으로 눈길이 갔다. 여전히 방문은 열려 있었다. 나는 누운 채로 물끄러미 올려다보았다. 순간 당황한 듯한 아주머니 말소리가 들려오기 시작했고, 기침하는 소리에 이어 우는 소리가 났다.

나는 벌떡 일어나 화덕으로 가서 불을 피웠다. 이제야 왜 내가 깨어나게 되었는지 알게 되었다. 시무룩한 표정으로 나무확에 넘쳐흐르는 물을 떠서 양은솥에 부었다. 쪼그리고 앉아서 불을 땔 때는 눈물 한 방울이 볼을 타고 흘러내렸다. 나는 소리 죽여 울었다.

"고마워, 도령."

아주머니가 수건을 들고 가까이 왔다. 나는 연기 때문에 매운 척 고개를 돌렸다.

"어때요, 누나는?"

"좀 가라앉았어."

아주머니가 수건을 더운물에 적시며 대답했다. 기운이 하나
도 없고 눈물이 녹아 있는 듯한 목소리였다.

"미안해서 어째, 제대로 잠도 못 자구."

나는 아무 말도 하지 않고 마당을 가로질러 마루로 갔다. 남
폿불 아래 마루에는 여전히 풍뎅이 서너 마리가 기어다니고 있
었다.

"들어와, 도령."

수건을 탁탁 털며 뒤따라온 아주머니가 마루로 올라서서 말
했다. 나는 마루에 걸터앉았다.

"마음을 굳게 먹어. 다 나아 가더니 이게 웬일이니 그래."

아주머니가 울 듯이 말했다.

나는 고개를 돌려 방 안을 들여다보았다. 열린 방문으로 안
쓰러운 듯이 비추는 남폿불에 누나의 상체가 훤히 보였다. 머
리카락은 땀에 젖은 채 이마에 붙어 있었고, 아주머니가 누나
입가에 묻은 피를 닦아 주고 있었다. 누나는 반듯하게 누워서
눈을 감고 있었는데, 하얀 얼굴이 더 예뻐 보였다.

나는 늦잠을 잤다. 눈을 뜨자 누나가 옆에 앉아 내려다보며
생글거리고 있었다.

"누나, 괜찮아?"

"그럼, 어서 일어나서 아침 먹자."

누나가 다시 웃으며 말했다.

"어서 일어나."

누나가 재촉했다. 나는 겨우 일어나 앉으며 이맛살을 찌푸렸다.

"왜 그러니, 어디 아파?"

"아냐, 아무것두."

벌떡 일어나 맨손체조를 했다. 마당에서 같이 잔 가족은 막 아침을 지으려는 중이었다.

누나를 뒤에 거느리고 나무확 있는 곳으로 가서 세수를 했다. 물도 누나가 떠 주었다. 세수를 마치고 평소 습관대로 티셔츠 앞자락으로 얼굴에 묻은 물을 닦으려는데 누나가 얼른 노란 수건을 대령했다. 나는 찌뿌드드한 표정을 지은 채 받아 쓰고 던지듯이 내밀었다.

"이리 올라와서 편히 앉아, 우리 도령."

마루에 걸터앉자 아주머니가 신을 벗고 올라앉으라고 했다. 나는 마지못한 듯 그렇게 했다. 내 맞은편에 아주머니가, 양 옆에 누나와 엄마가 앉았다. 내가 슬쩍 보자 누나는 싱긋 웃었다. 아주머니가 냄비 뚜껑을 열고 내 국부터 퍼 주었다. 내가 좋아하는 아욱국이었다. 밥은 누나가 퍼 주었다. 강낭콩이 많이 들어가게 했다.

"많이 들어, 도령."

아주머니가 웃으며 말했다.

"이거 미안해서……. 마침 반찬이 다 떨어져 가는 중이었는데 잘 먹을게요."

엄마가 미안한 표정을 지었다.

"이거 어디서 났어?"

누나가 국그릇에 밥을 말며 물었다.

"옆방에 든 사람들한테서 구했어. 돈 조금 주구."

나는 밥을 먹기 시작했다. 별달리 식욕은 나지 않았지만 열심히 먹었다. 원래 아무거나 잘 먹는데다가 오랜만에 본 아욱국이 입맛을 돌게 했다. 강낭콩밥도 마찬가지였다. 이곳이 집이었다면 더 맛있었으리라는 생각을 잠깐 했다. 그렇지만 기분은 좋아지지 않았다. 지금은 아무 말이 없지만 곧 이야기가 나오리라. 때문에 화도 나고 슬퍼지기도 했다. 나는 아무 말도 안하고 열심히 먹기만 했다. 누나가 국과 밥을 더 퍼 주었다.

"참 잘 먹네요, 착하기두 하고. 우리가 신세 많이 졌어요."

"신세는요 뭐."

엄마가 입에 든 밥을 우물거리며 말했다.

"도령이 아니었으면 나무하느라 고생했을 텐데 아주 편했어요. 아들 삼았으면 좋겠네."

"얘두 심심하지 않구 좋았을 거예요. 위루 셋이 다 형이라 더 아가씨를 따르는 것 같아요."

나는 얼굴이 뜨거워졌다.

"그나저나 이거 원, 아예 나아서 가야 되는데. 아가씨가 참 곱게 생겼는데……."

"글쎄 말이에요."

아주머니가 한숨을 쉬었다. 안색이 어두워졌다.

밥을 다 먹은 나는, 누나가 간다, 누나가 간다라고 중얼거리며 마당을 벗어나 약수터 어귀를 향해 걸었다. 곧 떠나게 되리라는 것은 짐작하고 있었지만 바로 오늘 아침이 될 줄은 몰랐다. 아침이건만 기운이 하나도 없고 우울했다. 그저 허청거리며 걸어갈 뿐이었다.

이런 기분은 처음이었다. 지금까지 살아오면서 이처럼 슬픈 적이 없었다. 그런데 지금은 눈물이 날 것만 같았다. 어제와 같이 싱그러운 아침이건만 그저 무덤덤하게 느껴졌다.

통나무에 앉아 고개를 숙인 채 두 발을 까닥거리기 시작했다. 차츰 까만 운동화가 뿌옇게 보였다. 문득 이곳에 너무 오래 있었다는 생각이 들었다. 내가 먼저 떠났더라면 지금보다는 덜 슬플 것 같았다. 누나가 기다리는 그 쪼다가 와서 마음껏 경멸해 주고 떠나게 되었다면 좋았을 텐데. 하지만 쪼다는 오지 않았고 누나는 두 번이나 피를 토했다. 때문에 더 가슴이 아팠다. 마음껏 미워할 수 없기에 더 견딜 수가 없었다.

"여기 있었구나."

누나가 옆에 와서 앉았다.

"은수는 언제 가니?"

"몰라."

"가려운 건 다 나았어?"

이번에는 고개만 끄덕였다. 막 울음이 터질 것 같았다.

"결코 잊지 못할 거야, 고마워."

누나가 나를 가만히 안았다.

"내년 여름에 또 만나. 은수도 가려움증 없어지고 나도 건강해져서 만나는 거야. 자, 약속."

누나가 손가락을 내밀었지만 제대로 보이지 않았다. 뭉뚱그려져서 어룽거릴 뿐이었다.

나는 잠시 가만히 있다가 슬그머니 새끼손가락을 내밀었다. 누나가 꼭 쥐었다. 부드럽고 따뜻했다. 나도 손가락에 힘을 주었다.

주인아저씨와 마당에 있던 사람들에게 인사를 마친 아주머니와 누나는 약수터 어귀로 걸어갔다. 식량이 줄어서 누나는 빈손으로 예쁜 가방만 어깨에 메고 있었다. 아주머니가 이불과 냄비 따위를 한군데로 싸서 머리에 이었다. 나는 잣을 싼 보자기를 가슴에 안고 앞서 걸었다.

약수터 어귀 노송 아래에 이르렀다.

"들어가, 도령. 꼭 가려움증 떼어 버리구……."

뒤이어 온 아주머니가 웃으며 말했다.

"안녕히 가세요."

"정말 고마웠어, 도령."

아주머니가 내 머리를 쓰다듬고는 뒤돌아서서 비탈길을 내려갔다.

"은수야, 먼저 간다. 자, 악수."

누나가 손을 내밀었고, 나는 쭈뼛거리며 그 손을 쥐었다.

"내년에 또 만나."

누나는 내 손을 꼭 쥐고는 조금 흔들었다.

"어서 가자."

비탈길을 내려가며 아주머니가 말했다.

"네, 엄마."

누나는 내 손을 놓고 돌아서려 했다.

"이거……."

나는 얼른 들고 있던 보따리를 내밀었다. 누나가 멈칫했다.

"이 잣, 누나 줄려구 땄는데. 이걸로 잣죽을 쑤어 먹으면 금방 나을 거야."

자꾸 눈물이 나려 했다.

"그 잣은…… 형들한테 주고 숙제 부탁할 거라고 했잖아."

"아니야, 숙제는 혼자 해도 돼. 나는 필요 없어."

누나가 나를 와락 껴안았다. 나는 울먹이며 얼마 전에 나무하러 가다가 잣이 각혈에 좋다는 욕쟁이 말을 엿들었다고 말했다. 울고 있다는 사실이 부끄러웠지만 제기동 잣 까는 한약 상

가까지 다 말해 주었다.

"정말 고마워."

"내년에 따서는 내가 다 가져갈게."

"그래, 꼭 그렇게 하자."

누나가 비탈길을 내려가기 시작했다. 나는 멍하니 서 있을 뿐이었다. 갑자기 누나 모습이 뿌예지기 시작했다. 나는 팔뚝으로 눈을 훔쳤다. 선명하게 보였다.

비탈길을 다 내려간 누나는 덤불로 길이 가려지기 전에 뒤돌아서서 손을 흔들었다. 얼른 마주 흔들어 주었다. 다시 누나 모습이 흐려졌고, 이내 형체를 알아볼 수 없게 되었다. 팔뚝으로 눈을 훔쳤지만 이번에는 아무것도 보이지 않았다.

나는 쓰러질 듯 허청거리며 통나무에 가서 앉았다. 매미들이 합창을 하는 아침이었다. 한참 만에야 내 손에 누나 손수건이 쥐여 있는 것을 알아차렸다.

22

사슴벌레를 보러 갔다. 막아 놓았던 돌멩이를 빼내자 놈은 기다렸다는 듯이 기어 나왔다. 갇혀 있어서 지루했겠지만 나무에서 흘러나오는 수액을 충분히 먹어서인지 지난번보다 더 커진 것 같았다.

나는 나무 위쪽으로 기어오르는 놈을 집어 들었다. 여섯 개의 발은 떡갈나무 껍질에 붙어서 완강하게 저항했는데, 그래서 더 기분이 좋았다. 곰바위에 앉아서 날카롭게 생긴 집게를 건드려 보기도 하고 집게 사이에 검지손가락을 넣었다가 빼기도 했다. 놈은 갇혀 있던 분풀이를 하려는 듯 집게를 오므렸다. 그럴 때마다 나는 한 번 더 집게에 집혀 보고 싶은 충동을 느꼈다. 순희 누나가 다시 오는 조건이라면 얼마든지 그렇게 할 수 있을 것 같았다.

손바닥만 하게 보이는 하늘은 구름 한 점 없이 맑았다. 나는 바위에 벌렁 드러누웠다. 아무것도 하기 싫었다. 문득 싸리버

섯이나 따러 갈까 하다가 고개를 저었다. 목욕을 하러 가기도, 개복숭아를 따 먹기도 싫었다. 한참을 그러고 있다가 다시 사슴벌레를 숨겨 두고 나무를 하러 가기로 했다.

허리가 꼬부라진 노인처럼 땅만 보고 걸었다. 아주 천천히 잣나무 숲을 지나 산등성이에 이르렀다. 나는 마을을 내려다보며 야호 소리를 지르지도, 기지개를 켜지도 않았다. 마치 잃어버린 무언가를 찾으려는 사람처럼 고개를 숙이고 걸어서, 쉬어 가는 바위에 도착했다.

여전히 멀리 내려다보이는 마을 집들은 김이 나는 시루 속 송편처럼 흐릿하게 보였다. 내가 넘어온 산 저편에서 흰 구름이 흘러가고 있었다. 문득 집을 지키고 있을 누렁이가, 동네 친구들이 보고 싶었다.

나무터로 가서 익숙한 솜씨로 삭정이를 꺾었다. 하지만 이내 맥이 풀려져 뒤쪽에 있는 네모난 바위에 걸터앉고 말았다. 누나와 나무할 때 개복숭아며 초콜릿을 숨겨 두었다가 먹는 토끼 굴이 있는 바위였다. 한참을 그렇게 앉아 있다가 혹시나 하고 바위 밑에 쪼그려 앉아 굴에 손을 집어넣었다. 전에 먹다가 숨겨 둔 초콜릿이나 사탕이 남아 있을지도 몰랐다. 있어도 좋고 없어도 아무 상관 없었다.

"아니."

깜짝 놀랐다. 손끝에 무언가 매끈한 것이 닿았다.

얼른 고개를 숙이고 들여다보았다. 그곳에는 비닐 봉지에 싸

191

인 무언가가 놓여 있었다. 나는 이상해서 그 봉지를 꺼내 풀어 보았다.

"누나……."

봉지에는 누나가 가지고 있던 카세트가 들어 있었다.

조심스럽게 한 손으로 카세트를 손에 쥐었다. 머릿속이 잿빛으로 변한 것처럼 멍했다. 지난번 밤 산책 때 누나가 카세트를 준다고 했지만, 다음날 누나가 피를 토한데다 그 뒤로는 잣을 따고 까는 데 정신이 팔려 카세트 생각은 까맣게 잊고 있었다.

나는 앉아 있던 바위에서 일어나 손에 들고 있던 카세트를 조심스럽게 옆에 놓고 다시 삭정이를 꺾기 시작했다. 몸이 허공에 붕 뜬 것처럼 흥분되었다.

'나무하러 올 때마다 무섭다고 하던 누나가 어떻게 카세트를 이곳에 갖다 놓았을까?'

다음 순간 나는 불에 덴 듯 놀라고 말았다. 얼굴이 빨개지는 것만 같았다.

'누나는 피를 토하는 와중에도 약속을 지켰는데…….'

나뭇짐을 마당에 내려놓고 곧장 곰바위로 갔다. 바위 아래쪽으로 내려가서 떡갈나무 구멍을 막아 놓았던 돌멩이를 빼내고 사슴벌레를 집어 들었다. 여전히 놈은 멋지고 강했다. 손가락을 집어넣자 서슴없이 집게를 오므리기 시작했다.

얼른 손을 빼냈지만 집게에 집히기라도 한 듯 지난번 누나가 했던 말이 아프게 떠올랐다. 진정으로 사슴벌레가 좋다면 자유롭게 살게 해 주어야 한다. 사람도 마찬가지이다. 소유하려고 하면 안 된다.

'그래, 달맞이꽃이 밤이면 피어나듯, 사슴벌레가 상수리나무에서 살아가듯 누나는 내 가슴속에 있으니까 된 거야. 여기 이렇게 카세트가 있잖아. 누나와 함께 듣던 밤 프로에 누나 앞으로 사연을 보낼 수도 있고, 또 누나가 내게 보내는 사연도 들을 수 있는……'

목욕터에서 금방 목욕이라도 한 것처럼 몸과 마음이 가벼워졌다.

나는 날 듯이 구멍 뚫린 상수리나무로 가서 사슴벌레를 놓아주었다. 놈은 태연하게 나무 위쪽으로 기어 올라갔다. 구멍 속으로 숨지 않았다. 나는 그런 모습이 마음에 들어서 살며시 등에 검지손가락 끝을 대 보았다. 놈은 내 손길에도 아랑곳 않고 계속 기어 올라갔다.

노송 아래 통나무에 앉아 카세트를 든 채 멍하니 비탈길을 내려다보았다. 불현듯 누나가 다시 올 것 같은 생각이 들었다. 조금 있으면 저 아래쪽 덤불로 가려진 길에 모습을 드러낼 것만 같았다. 그러면 나는 펄쩍 뛰어 일어나 곧바로 달려 내려갈 것이다. 하지만 아무리 기다려도 누나 모습은 나타나지 않았다.

라디오를 켰다. 누나가 즐겨 듣던 음악이 흘러나왔다. 순간 나는 지금이 밤인 듯한 기분에 휩싸였다. 어디선가 은은한 달맞

193

이꽃 향기가 나를 감싸고 주위는 어느새 어둠에 물들었다.

나는 지금 당장이라도 부칠 것처럼 누나에게 띄울 엽서를 마음속으로 써 나가기 시작했다.

약수터에 오기 전, 저녁밥을 먹고 나서 개울로 목욕을 하러 갔어요. 마침 혼자였는데 그곳에서 파란빛의 무리가 피어오르는 것을 보았지요. 봇둑 옆이었는데 서서히 내가 있는 곳으로 다가오더군요. 그래요, 누나. 개똥벌레의 축제였어요. 개똥벌레가 막 태어난 거예요. 한 곳에 모여 있던 번데기가 그렇게 되는 거지요. 시골 살아도 무척 보기 힘들어요. 나도 처음 보았거든요. 이걸 보는 사람에게는 행운이 온대요. 내게 온 행운을 모두 누나에게 드릴게요.

추신 : 순희 누나, 내년 여름에 꼭 만나요. 쪼다랑 같이 와도 좋아요. 건강하기만 하면 돼요.

맑은 서정성으로 길어 올린 순수한 감동

황광수(문학평론가)

나는 자연에 대한 서정적 묘사에 치우친 글을 읽을 때면, "아우슈비츠 이후 시인은 숲으로 갈 수 없다."(브레히트)는 말이 마음속 깊은 곳에서 꿈틀거리는 것을 느낀다. 이와 함께 여행을 무척 싫어하는 어떤 시인의 말이 떠오른다. 언젠가 내가 "가끔은 이 번잡한 대도시를 떠나 자연 속에 묻혀 보는 것도 좋지 않냐."고 물었을 때, 서울 태생인 그 친구는 이렇게 말했다. "인간은 자연이 아니라 도시를 선택했어. 내가 자연을 사랑하는 방식은 도시에서 나가지 않는 거야." 이 말을 들으며 나는 동강을 떠올릴 수밖에 없었다. 환경보호론자들이 동강에 댐을 건설하려는 정부의 계획을 백지화하고 나자, 자연을 사랑한다는 사람들이 그곳으로 몰려가 강물을 오염시키고 희귀 어종들을 멸종시키고 말았다.

이 두 사람의 말은 지나치게 과격한 느낌을 주지만, 자연에 대한 우리의 맹목적인 사랑을 깊이 돌이켜보게 한다. 『사슴벌레 소년의 사랑』은 자연 속에서 인간의 현실을 잊어버리거나 인간을 문명 속에만 가두어 두려는 치우침에서 벗어나 있다. 수많은 동식물들의 생태를 섬세하게 묘사하고 있는 이 소설에서 자연은 인간에게 무한한 아름다움과 지혜를 심어 주는 텍스트이다. 그런가 하면 이 작가는 태어나는 순간에 참혹한 죽음을 맞이할 수밖에 없는 생명체들을 보여 주기도 한다. "자연에는 인자함이 없다."(天地不仁)는 노자의 말씀을 그 역시 깊이 깨닫고 있는 것이다. 이 작가는 또한 자연 속에 신화를 끌어들여 인간의 비극적 사랑과 승화의 아름다움을 보여 주기도 한다. 이승에서 사랑을 이룰 수 없었던 남녀가 죽어서 하나는 달이 되고 또 하나는 달맞이꽃이 되었다는 인디언 민담이 그것이다. 이 이야기는 밤길 가는 나그네를 따르는 달님처럼 이 소설에 은은한 그림자를 드리우고 있다.

이 소설의 주인공 은수는 사슴벌레를 유난히 좋아한다. 하긴, 검고 매끄럽게 빛나는 각질, 몸길이만큼이나 길고 날카로운 집게를 가진 이 곤충을 좋아하지 않을 소년이 있을까? 어린 시절의 나 역시 뜨거운 여름날 참나무 밑동에서 사슴벌레를 발견할 때면 숨막힐 듯한 긴장과 감동을 맛보았고, 하늘을 향해 도전적으로 치켜든 딱 벌어진 집게에서 한 가닥의 위엄과 공포스러운 매혹에 사로잡히곤 했다. 물론 그 날카로운 집게 사이에 손가락을 넣어 보기도 했다. 그러기에 나는 이 소설을 읽으면서 까맣게 잊어버린 그 시간 속으로 깊이 빠져들 수밖에 없었다.

그러나 요즈음의 청소년들에게 그 세계는 어떤 느낌을 자아낼 수 있을까? 생태실습실에서나 보게 될 사슴벌레에서, 참나무 밑동의 쐐기풀을 헤치고 넓적한 돌을 들출 때 밀려오는 숨막힐 듯한 긴장과 발견의 기쁨은 맛보기 힘들 것이다.

『사슴벌레 소년의 사랑』은 30년이라는 세월의 저편에서 때묻지 않은 자연 속에서만 느낄 수 있는 순수한 서정과 사랑을 길어 올리고 있다. 첫사랑의 경험은 순수한 만큼 강렬하다. 그것은 무엇보다 자신의 내면에 걷잡을 수 없는 동요를 일으킨다. 그것은 타인과 공유할 수 없는 은밀한 기쁨과 고통을 동반한다. 사랑에 덜미를 잡힌 사람은 다스리기 힘든 욕망에 사로잡혀 질투와 죄의식의 구렁텅이에 빠지기도 한다. 그것은 매미로 탈바꿈하는 엄지벌레를 다 뜯어 먹고 껍질만 남겨 놓은 개미들의 본능만큼이나 맹목적이다. 그것의 본질은 독점적 소유욕이다. 은수가 사슴벌레의 집게 사이에 손가락을 집어넣는 내기를 하는 것도 순희 누나에게 자신의 강한 면을 보여 주면서 기영이를 순희 누나에게서 떼어 놓고 싶은 욕망의 표현이다. 이처럼 배타적인 욕망은 '사슴벌레처럼 강한 사나이'가 되고자 하는 마음과 쌍을 이룬다. '좋아, 나는 누나를 지켜 주는 사슴벌레가 될 거야. 이놈처럼 강하고 멋진 사슴벌레. 누나 속썩이는 사람이 있으면 꽉 집어 줘야지.'

이 단계까지의 은수의 마음은 동강으로 달려가는 사람들만큼이나 무반성적이다. 그러나 순희 누나와의 대화를 통해 자연과 인간을 대하는 은수의 태도에 근본적인 변화가 일어나게 된다. 은수는 결국 사슴벌레도 놓아주고 순희 누나에 대해서도 열린 마음을 지니게 된다. 순희 누나는 사슴벌레를 집에 가져가겠다는 은수를 만류한다. "네가 제대로 이해할지 모르지만, 진정으로 사슴벌레가 좋다면, 사슴벌레가 자유롭게 살게 해 주어야 하는 거야." 그리고 이렇게 덧붙인다. "사람 사이도 마찬가지야. 누구를 좋아하거나 사랑한다면 구속하거나 소유하려고 하면 안 돼. 자유롭게 해 주어야 하는 거야. 그게 진정한 사랑이야." 이러한 말은 순희 누나 스스로가 애타게 기다리고 있는 남자에 대한 자기 다짐이기도 하다. 폐병을 앓고 있는 순희 누나도 사랑하는 사람을 자유롭게 놓아주어야 할 처지에 있기 때문이다.

그러기에 순희 누나가 떠난 뒤에 '순희 누나, 내년 여름에 꼭 만나요. 쪼다랑 같이 와도 좋아요. 건강하기만 하면 돼요.' 하고 생각하는 은수는 결코 슬픈 체념을 내비치고 있는 게 아니다. 은수는 이제 세상을 더욱 자유롭고 폭넓게 살아갈 수 있는 마음을 지니게 된 것이다.

사슴벌레 소년의 사랑

2003년 7월 5일 1판 1쇄
2015년 1월 31일 1판 12쇄

지은이 : 이재민

편집 : 아동·청소년문학팀
제작 : 박흥기 ┃ 마케팅 : 이병규, 최영미, 김선영, 정은숙

출력 : 한국커뮤니케이션 ┃ 인쇄 : POD코리아 ┃ 제책 : 정문바인텍

펴낸이 : 강맑실
펴낸곳 : (주)사계절출판사 ┃ 등록 : 제406-2003-034호
주소 : (우)413-120 경기도 파주시 회동길 252
전화 : 031)955-8588, 8558 ┃ 전송 : 마케팅부 031)955-8595 편집부 031)955-8596
홈페이지 : www.sakyejul.co.kr ┃ 전자우편 : skj@sakyejul.co.kr
독자카페 : 사계절 책 향기가 나는 집 cafe.naver.com/sakyejul
페이스북 : facebook.com/sakyejul ┃ 트위터 : twitter.com/sakyejul

ⓒ 이재민 2003

값은 뒤표지에 적혀 있습니다. 잘못 만든 책은 구입하신 서점에서 바꾸어 드립니다.
사계절출판사는 성장의 의미를 생각합니다. 사계절출판사는 독자 여러분의 의견에 늘 귀 기울이고 있습니다.
이 책은 저작권법에 따라 보호받는 저작물이므로 무단전재와 무단복제를 금합니다.

ISBN 978-89-7196-963-2 44810
ISBN 978-89-5828-473-4 (세트)